世界神话与传说丛书

NORTHERN EUROPEAN MYTHS & LEGENDS

北欧
神话与传说

【英】玛丽安·多萝西·贝尔格雷夫　希尔达·哈特　编著

【英】哈利·乔治·西亚克　绘

中央编译出版社
Central Compilation & Translation Press

图书在版编目 (CIP) 数据

北欧神话与传说/(英)玛丽安·多萝西·贝尔格雷夫,(英)希尔达·哈特编著;
戴琪译.—北京:中央编译出版社,2023.3
　(世界神话与传说)
　ISBN 978-7-5117-4174-5

　Ⅰ.①北… Ⅱ.①玛… ②希… ③戴… Ⅲ.①神话—作品集—北欧
Ⅳ.① I530.73

　中国版本图书馆 CIP 数据核字(2022)第 078694 号

北欧神话与传说

选题策划	张远航	
责任编辑	赵可佳	
责任印制	刘　慧	
出版发行	中央编译出版社	
地　　址	北京市海淀区北四环西路 69 号(100080)	
电　　话	(010)55627391(总编室)	(010)55627362(编辑室)
	(010)55627320(发行部)	(010)55627377(新技术部)
经　　销	全国新华书店	
印　　刷	北京雅昌艺术印刷有限公司	
开　　本	670 毫米 × 889 毫米 1/16	
字　　数	125 千字	
印　　张	14.5	
版　　次	2023 年 3 月第 1 版	
印　　次	2023 年 3 月第 1 次印刷	
定　　价	58.00 元	

新浪微博: @中央编译出版社　　　微　　信:中央编译出版社(ID:cctphome)
淘宝店铺: 中央编译出版社直销店(http://shop108367160.taobao.com)(010)55627331

本社常年法律顾问: 北京市吴栾赵阎律师事务所律师　闫军　梁勤
凡有印装质量问题,本社负责调换,电话:(010)55626985

序 言

　　每当我们欣赏和赞叹多姿多彩和无与伦比的魔法传说时，总是习惯想到辉煌的东方世界，生产香料的阿拉伯半岛和天空湛蓝、阳光灿烂的波斯，甚至是更遥远的中国和印度。

　　今天，请允许我建议大家将注意力转移到北方，看看神奇的国度阿斯加德，你一定不会失望。斯堪的纳维亚神话中的巨人事迹绝对不输想象力世界中的任何传说，而这本书的每一页都会让你快乐无比。

　　你会对充满魅力的亚丝拉琪着迷，会为英俊的巴尔德尔而陶醉，对奥丁的智慧惊叹不已。还有奥丁的长子索尔，拿着永远会自动回到他手里的巨大锤子；戴着他的钢铁手套，只有戴上这副手套才能拿起锤子；还有他的腰带，可以让任何系着它的人力量翻倍。而且，有什么神话故事或者狂野的浪漫可以比得上弗里斯亚夫的冒险或是水之仙女温蒂妮的美丽？读下去自己评判吧，你一定会同意我的观点。

　　书中的故事全部经过精心挑选，是北方迷人且浪漫的神话故事中的无上瑰宝。

埃里克·弗里登堡

目　录

阿斯加德与众神之王

　　在太古之初只有伊米尔，没有沙滩，海洋也没有冰冷的海浪。那时没有大地，也没有天空，除了一条巨大的裂缝之外，什么都没有，到处寸草不生。

　　一千年前古老的北欧吟游诗人这样唱着。他的身边围着一群武士，男男女女，兴趣盎然，热切地聆听着。因为他们即将再一次听到世界诞生的故事，听到他们英勇的先祖，从沃尔松的勇士一族中诞生的国王，在历史中爱他们、帮助他们的神。这故事总是会让他们激动不已。

　　"在宇宙之初只有伊米尔。"

　　这位伊米尔是谁，或者说他是什么？男孩女孩们听着北欧古老

吟游诗的精彩篇章。你将会知晓众神如何从伊米尔中诞生，诸神又是如何创造出人类，被称为米德加德的大地是如何存在，而其中最中心的阿斯加德——那是光与荣耀之城，是神祇的家园——又是怎样的图景。在米德加德遥远的北方是约顿海姆，那里生活着相貌丑陋、生性残暴的冰霜和迷雾巨人，北方还有邪恶之地赫尔海姆。

"在宇宙之初只有伊米尔。"伊米尔是世界诞生的第一位巨人，是世界上第一个存在的生灵，而他十分邪恶。

一股无人知晓的强大力量从冰霜与火之中创造出了伊米尔，将要使他身上的恶变成善。接着，那洪荒之力创造了一头母牛来养育伊米尔，母牛以舔舐海边冰冷岩石上的盐粒为生。伊米尔靠着母牛的乳汁生长，变得越来越强壮，也越来越邪恶。随着时间的推移，他繁衍出许多和他一样邪恶的儿子。一天，正当母牛舔舐盐柱的时候，从岩石中慢慢地浮现出一颗美丽的头颅，从中诞生了完美无缺的神——布尔。布尔是宇宙中诞生的第一股善。他的长子奥丁也内心向善，对伊米尔和邪恶的巨人一族憎恨不已。于是有一天，奥丁和他的兄弟将巨人斩杀，巨人流淌的血液形成了一片海洋。所有的巨人都淹溺在其中，只有一位存活了下来。

唯一的幸存者，贝耶尔默，逃到了北方昏暗的霜与雾之国度。

他在那里繁衍子嗣，计划着对将他放逐到这里的诸神复仇，发动战争。这片巨人的土地就叫作约顿海姆。

当奥丁和兄弟们除掉仇敌之后，他们望着身边无尽的浩瀚虚无，决定创造出一片适合生活的家园。于是他们把伊米尔巨大的身体扔进鸿沟，将其填平变成平地；把他的血液倒在周围，变成了海洋；他的骨骼变成了山川，他的牙齿变成了岩石；还有他的大脑被扔到空中，变成了云，形成了天。

他们在大地的中间画了一个特别的圆圈，让这里比周围都更加柔软美丽，称为米德加德。在米德加德中间，他们又画了一个圆圈，由高耸的山脉包围起来，山顶似乎能够直触云端。他们在那里为自己和子女们建造了一座闪亮的城市，叫作阿斯加德。

接着许多年里奥丁和兄弟们一直幸福地生活在一起。他们娶妻生子，建造辉煌绚丽的宫殿。他们生下了许多子女，也赋予神格，在阿斯加德光荣任职。一些负责掌管星辰，一些负责日月，还有一些守卫着这座城池，如果需要，则抵御巨人一族的入侵。虽然巨人们大部分都被封锁在黑暗的霜与雾之国度，但他们对众神行为的愤恨从未平息。

一天，奥丁和兄弟们在米德加德一片美丽的湖边散步时，他想

到自己还没有为这么漂亮的地方创造居民。他注意到岸边被泡在水里的一截梣树干和一截榆树干。"让我们赋予它们生命吧。"他说，于是创造出了阿斯克和恩布拉，这便是世界上最初的男人和女人，他们繁衍出人类一族。奥丁和诸神喜爱他们所创造的生灵，温柔地呵护人类，赐予他们许多礼物，教他们和平。他们创造出一道虹桥，比弗罗斯特，由阿斯加德最高处衔接到下面人类居住的地方。不过巨人们得知了诸神的行为，他们激励自己，对彼此说："复仇的时候到了，我们只要不停进攻众神爱的这些小东西，用不了多久就会把他们全部摧毁。"

于是当奥丁从他的空中王座俯视米德加德时，他看到一片哀景。巨人一族已经攻入大地。许多人被杀死，剩下的也受尽折磨，村庄被烧毁，庄稼被践踏。总而言之，大地的和平不再，被压迫的人们精神的咆哮如火焰一般点燃了奥丁的内心。

"看啊！"他对自己美丽的王后弗丽嘉说道，"我看见在米德加德一片美丽的田野里，一个三头的巨人在其中大摇大摆。他从约顿海姆赶来作乱。他抓住了一个牧羊男孩，把他扔进了海里。他把羊一只一只抓起来，捏碎它们的骨头。为什么那里的人类不去阻止他？"

"他们不知道怎样做，"弗丽嘉回答，"我们只教给了他们

和平。"

"那么，是时候了，我要教他们如何战斗，"众神之父说道，"约顿海姆的怪物必须被镇压。大地需要我。我必须离开阿斯加德和你，我漂亮的王后，我必须前去米德加德一段时间，或许要穿越霜与雾之国度，去那里与邪恶的怪物作战。再见了。我不在的时候王座便交给你。"

说着奥丁消失了。他凭借一双隐形的翅膀飞速穿过城门，一直来到人类领地的边界。他的穿着打扮完全变了，这样没人能够猜到他就是伟大的众神之父。他并没有穿着耀眼的金铠甲，也没有带神力的剑与盾，而是打扮成一位普通旅行者的模样。他的脸看上去十分苍老，留着长长的灰白胡子，肩上披着一件淡蓝色的斗篷。此后很多年，他再次来与人类交流时都保留着这副容貌和打扮，但后来人们便能够认出来这身装束下的旅行者"万路通"——他这样称呼自己。不过在第一次旅途中没人认得他。他从一个村庄穿到另一个，从一个城镇走到另一个，仿佛他也是人类。他与人们分享生活经验，教人们更加认识自己，了解更多人类的职责，让人们向往美德，敦促他们与巨人一族的偷袭带来的死亡抗争。他教给人们如何锻造和使用武器，让他们知道人生最光荣崇高的成就便是死于反抗暴政和维护权利。就这

样，他走遍了大地间的所有国度，为人类送去了祝福与告别。

"米德加德的人民，"他说，"不要忘了教你们使用武器的万路通。永远不要和手足兄弟内讧，而是要同在约顿海姆的敌人作战。保持真诚与勇敢，荣耀将会在另一个世界为你们加冕！"

于是众神之父离开了人世间的繁忙生活，朝着充满迷雾与黑暗的土地尼福尔海姆前进。他知道在那里可以找到巨人米密尔——一位无所不知的智慧巨人。终于，奥丁抵达了海与天的尽头相接的地方，他看到了守卫着智慧之泉的米密尔。

"你为何而来，众神之父？"智者问道，盯着他忧郁的眼睛。

"为了得到智慧之泉的泉水，"奥丁回答，"因为我不知道如何与邪恶的力量斗争，我需要知晓更多。这是为了众神和人类，因此我来寻求你的帮助。"

"阿斯加德之父啊，在你之前，许多人都来寻求这恩惠。但命运已经决定，没人能得到泉水，除非你愿意牺牲。"

"告诉我你要什么。"

"你最珍视的东西是什么？"

奥丁低下头沉思。他所拥有的，对他而言最宝贵的就是他的儿子巴尔德尔，最耀眼夺目的和平与欢乐的使者。

米密尔看穿了他的想法，笑了。

"不，"他说，"你必须要牺牲的不是巴尔德尔。他的使命还尚未完成。"

"把我的右手拿去。"

"不是你的右手，是你的右眼。众神之父。"

奥丁思考了一会儿。他想到了他创造的美丽温柔的生灵、可爱的大地，还有必须要打败的邪恶的巨人一族，于是亲手把眼睛挖出来给了米密尔。米密尔将一只盛满智慧泉水的大羊角交给奥丁。奥丁接过来一饮而尽。瞬间，智慧之书在他的脑海中展开，他知道了世界的一切过去、现在和未来：即将降临的灾祸，当诸神黄昏到来的那一天，将会带来众神与巨人之间的恐怖战争，结束他的统治；在毁灭之后，米德加德将在无尽的和平与幸福之地重新振兴。他还知道了有些事命中注定要发生，而他的责任便是继续伸出援手，帮助正义在最后的决战之中战胜邪恶。他沉默地坐了一阵儿，对他看到的远景惊奇不已，接着准备离开。

"我走了，"他说，"我要前往尼福尔海姆和赫尔海姆，邪恶与迷失灵魂的诅咒之地。再见，米密尔！我将永远不会后悔今天付出的代价。"

他走过陌生、昏暗的地区，越过结冰的海洋，穿过充满迷雾和冰雪的陆地，一直到混沌之地，宇宙世界的边缘。他在那里停下，趴下身子，看着下面深不可测的深渊。他看到的第一眼是一棵大梣树三条树根中最古老的一根，那是"世界之树"，它的枝干围绕着整个宇宙。这条树根一直盘亘到尼福尔海姆深处，上面盘踞着一条名为尼德霍格的巨蟒，不断地啃着树根。在此之下，他看到无名的邪恶力量在黑暗之中到处漂浮，争抢着逃离深渊，向上一路到米德加德。再下面，他所见所闻是地狱的漩涡在咆哮，从那里发源的河流滋养着邪恶之地。

九天九夜，奥丁就这样挂在树上，凝视着深处一切可怕的事物。他内心里打击黑暗、阻止它们降临世界的渴望更加强烈了。他起身，用新获得的智慧沉思，朝着上空出发，回到了阿斯加德。众神们热情地欢迎他们的王回家，他们注意到他的脸上洋溢着一种之前从未见过的光芒，彼此窃窃私语。他们不知道那意味着什么，不过他们默默地对此表示崇敬：那是自我牺牲的光芒。

弗雷和格达，华纳神族与女巨人的故事

弗雷是华纳神族的王子，英俊帅气，他的妹妹弗蕾亚同样美丽动人。他是父亲尼奥尔德国王的挚爱，是众神中最偏爱的一位，而且深受他所统领的仙子与光之精灵的爱戴。唯有矮人们对他颇有微词。

不过，一天，这位青年心中不满的情绪开始萌生，一个大胆的妄想在他心中扎根。他把自己最亲近的将士斯格纳尔叫到身边，说：

"朋友，我今晚不在的时候，要确保萤火虫照常亮起，露珠轻轻降临。今天的太阳太晒了，闷热的天气让我烦躁。我想感受下面约顿海姆清爽的微风轻拂脸颊。我要坐在山顶上众神之父的空中王座，俯视世界在我脚下展开。再见。"

斯格纳尔吃惊地盯着弗雷，因为众神之父的王座是神圣不可侵犯的，除了奥丁没人可以坐上。他抓住弗雷的手臂，试图让他打消这个痴心妄想。但对于朋友的建议，弗雷根本听不进去，像鸟一样，一心朝着阿斯加德最高的峰顶腾云而上，他知道那里便是神圣的王座。他先是舒服地靠在王座上，然后站起来望着远方。南边是火焰的国度，北方是巨人之家，那里吹来一阵轻柔的微风拂过他滚烫的额头。正当他惬意地享受着清凉时，他看到了约顿海姆边界山脚的一幢高大的房子。

房子的门突然打开了，一个女巨人走了出来——她的手臂非常白皙，隐约闪着光。黄昏已经降临，不过当她抬起手臂拔掉花园的门闩时，在弗雷眼里仿佛一道光刺破暮色。当她回到房间里关上门，又是一片黑暗。他坐在世界之巅，满心欢喜。

"除非我赢得那位女巨人的欢心，娶她为妻，否则我将再也不会感到快乐了。"他对自己说。

弗雷回到自己的王宫，无精打采、郁郁寡欢地度日。他的精灵们做什么都没办法让他开心起来。终于，它们受够了做不领情的事，跑开玩耍去了，因为主人不再监督它们。它们忘记了自己的职责，让一些小森林巨人偷溜进阿斯加德，吃掉了正要开放的花苞。众神知道后怒不可遏，他们非常喜爱花朵。众神把华纳神族的国王尼奥尔德叫来，问他弗雷的下落，以及为什么玩忽职守。尼奥尔德保证会查出真相，立刻派人叫来弗雷的朋友斯格纳尔。

"告诉我，"他说，"是什么让我儿子苦恼？"于是斯格纳尔将弗雷是如何爱上一位叫作格答的女巨人告诉了国王，只有将女巨人娶为妻子才能让弗雷从忧郁的单相思中振作起来。

"呸！那小兔崽子疯了，"老尼奥尔德回答，"他从什么时候开始这样魔怔了？难道整个阿斯加德还找不到一位漂亮的女神吗？非得对

敌人的女儿茶不思饭不想？"

斯格纳尔对弗雷十分忠诚，因此并没有说出弗雷还冒昧地坐过空中王座，这无疑会让他受到责骂和惩罚。他只是重复说如果想要弗雷再次变回正常快乐的华纳神，他必须得到格答。

"好吧，"尼奥尔德最后说，"如果这场婚礼势在必行，那便这样吧。不管怎样，我们不能让弗雷继续这样茶饭不思，否则森林巨人会趁他不在，不仅毁坏花朵，还会杀掉所有的光之精灵。你去吧，好斯格纳尔，为我的儿子把那女巨人赢来。"

"乐意效劳，"斯格纳尔回答，他总是英勇无畏，而且热爱探险，"不过弗雷必须把他那把靠近约顿海姆便会自动出鞘的魔剑给我，还有他那匹不惧火和水的骏马。没有这两样我没有办法征服面前的艰难险阻。"

他立刻前往华纳神族王子的宫殿，拿到了宝剑和骏马。弗雷非常乐意送给他这两样宝物。"但是，"他说，"一定要确保成功而归。"

正当斯格纳尔与弗雷告别时，他碰巧看到宫殿大厅的喷泉中弗雷英俊面庞的倒影。这时他忽然灵机一动。

他想："如果我随身带着一幅王子的画像，那肯定会为他赢得格答的芳心。"他走到大理石喷泉池边停下，巧妙地将倒影收进他用来喝水的银号角中，接着信心满满地朝着约顿海姆出发了。

他骑马走了三天三夜，才看到格答的房子。房子被一圈燃烧着的火焰包围着，火苗在空中高高地跳跃，地面上也围得水泄不通，迸发着令人恐怖的蓝光。

斯格纳尔没有被这场景吓到分毫，他鞭策着骏马朝着跳跃的火焰进发。猛地一跃，一瞬间热得令人窒息，勇士发现自己离房间的门仅剩下一步之遥。房子有二十扇门，每一扇都能进入房间，每一扇门前都有一条三头猎犬守卫着。不远的高处坐着一位牧羊人，于是斯格纳尔问他：

"牧羊人，有人可以毫发无伤地通过这些猎犬吗？我有事要找巨人居米尔的女儿格答。"

"你疯了吗？你从赫尔海姆而来？"牧羊人问道，"没有人能进入居米尔的宫殿，除非他是来寻死。"

"我的死亡自然命运已经注定。但现在我还活着。"斯格纳尔愉快地回答，他的声音如音乐一般飘进房间里。格答正在纺线。

她问侍女："外面是什么声音？我从未听过如此美妙的声音。"因为她生下来听到的一直只有巨人们粗犷的声音。"你们一个人去窗前，告诉我是谁在外面。"

"是一位骑着马的男人，"一个向外看的女孩回答，"他下了马，他的马正在吃草。"

"带他进来，"格答说，"给他准备蜂蜜酒，你们一定不要发出声音，否则我的父亲听到会把我们全都杀掉。"

于是她们悄悄地把斯格纳尔带了进来。而巨人居米尔正在大厅宴请朋友们，既没看到他们也没听到任何声响。

"你是谁？英俊的陌生人，你为何冒死前来我们的城堡？"格答问道。斯格纳尔告诉她，华纳神族的王子弗雷是如何爱上了她，并想把她带回阿斯加德成婚。

不过女巨人只是微笑着摇了摇头，她的笑容点亮了整个房间。接着，斯格纳尔把带来的十一个金苹果作为礼物送给她，还对她承诺，如果她愿意跟他离开，会有更多礼物，还会把魔戒送给她。并且，他讲了许多阿斯加德的辉煌、众神的快乐生活，还有弗雷对她深深的爱。然而她仍然只是微笑，摇头。她并不理解他所说的意味着什么，因为除了约顿海姆丑陋、残暴的生活之外，她什么都不知道，她也并不理解爱的含义。最后斯格纳尔开始愤怒，发誓如果她再拒绝他，他就会诅咒她、杀死她。"难道你不明白我说的话吗？"他不耐烦地问，"你难道相信除了你自己那狭隘的生活之外，什么都不存在吗？那么，好吧。既然你没办法想象出善与美，你这辈子都不会知道。我要诅咒你一生悲惨，充满仇恨。你会和最丑陋最愚蠢的森林巨人结婚，而他的冷漠残酷会杀掉你。"

"不，不，不！"格答大喊，完全被吓坏了。"等一等！不要诅咒我，也许我可以嫁给弗雷。"

斯格纳尔皱着的眉头舒展开，侍女递给他一杯蜂蜜酒平息他的愤怒。他一饮而尽，把杯子递回。神奇的是，杯子并不是空的。他巧妙地把自己银号角中的水倒进了杯中，于是，漂浮在杯面的便是弗雷面庞的倒影。

格答盯着倒影一动不动，随即，她的脸上绽放出耀眼的笑容。

"好了，"她说，"我知道你说的美、爱和神是什么了。回阿斯加德去吧，就说我愿意成为弗雷的妻子。让他在九天后到巴里树林中宁静的小路上来见我。"斯格纳尔完成了使命，高兴极了。他立刻与她们告别，快马加鞭离开约顿海姆。他看到弗雷伤心且脸色苍白地在他的宫殿门口等待着。

"结果怎么样？"弗雷一看到他的朋友便立即喊到。当他听到虽然已经赢得了女巨人的芳心，却仍要等待九天才能与她结婚，便惊叹自己绝对等不了那么久，流下了苦涩失望的泪水，忘记了感谢斯格纳

尔为他付出的辛劳。不过众神和华纳族人、精灵们听说这件事后都很高兴。"这倒是给我们一些时间用来筹备一场盛大的婚礼盛宴。"他们开始忙碌起来。而弗雷躺在一棵果树下面做着梦，一动不动。女神们负责装饰弗雷的宫殿，准备接待新娘，筹办盛宴。光精灵和仙子们说他们来收集礼物，四处奔波，找遍了各种奇奇怪怪的地方：一些把蜗牛从壳里拉出来，只为了找到藏在其中的珍珠；一些偷走萤火虫的光亮镶在珠宝上面；还有一些从蝴蝶的翅膀上得到色彩来涂画橡子杯，那是为了准备给女巨人格答喝葡萄酒用的！

　　到了第九天时，礼物还没准备好一半。但精灵们全都离开了它们小小的工作室，陪伴着王子前往巴里树林，格答正等待着他们。队伍走近时，她看到一道无比华美的风景线：弗雷走在最前面，他坐在车上，拉车的是威风的金毛猪；他的手里拿着魔戒德罗普尼尔，那是奥丁为了这个场合借给他的；接着是众神之父，他的身边站着美丽的弗丽嘉，拿着他们准备的礼物——斯基德普拉特尼船，可以被折叠成一块手帕的大小，还能变大承载一百位航行者；他们身后是其他众神，队伍的最后是精灵和仙子们，跳着舞欢笑着，唱着一首婚礼的歌——

　　"格答给我们的王子带来幸福欢乐。祝福送给手臂白皙的格答。"

弗蕾亚的项链

奥丁和他的子嗣们是阿斯加德的伟大神族，除了他们之外，这座神圣之城还住着一个叫作华纳的神族。

尼奥尔德是华纳神族的国王，弗雷和弗蕾亚是尼奥尔德的子女。他们不像诸天神一般强壮，身份高贵，也和米德加德的居民没有或者很少发生关联。他们的职责是掌管一些自然的力量——风、雨、阳光、霜和雪。四季的变换由他们负责，他们的部下是鸟儿、昆虫、精灵、仙子和矮人。

华纳神族通常过着幸福快乐的生活，他们走到哪儿总是会带去欢乐。众神们也十分喜爱他们，会邀请他们参加阿斯加德的宴会和议事会议。他们在王国里唯一的敌人是矮人，一些可憎的小生物，住在山洞或地下黑暗的地方，挖掘金子还有珍贵的宝石，然后用来铸造璀璨的珠宝和带有魔力的武器。据说，当奥丁和他的兄弟用巨人伊米尔的身体创造米德加德时，被当作无用之物扔掉的一些血肉变成了蠕虫，在地下生长，逐渐就变成了矮人一族。

不管这个关于他们诞生的传说是真是假，可以确定的是当巨人与诸神作对时，矮人总是站在巨人那边。他们从不会错过任何一个对

他们的主人华纳神族为非作歹的机会。一天，一个绝佳的报复机会降临在他们身上，故事是这样的——

尼奥尔德国王的女儿弗蕾亚，将要嫁给奥德。他们住在福克韦恩宫殿（意为众多座位之地）里，他们爱情的深厚无法用语言讲述或歌颂。

弗蕾亚十分美丽，世上她最珍视并且最令她骄傲的莫过于她的美貌了，当然，还有她的丈夫奥德。因此，当奥丁的一位使者在华纳国度大张旗鼓宣传明日将在英灵殿举办一场盛大的宴会，所有的华纳族人都被召唤到场时，弗蕾亚的第一个念头便是她的裙子和珠宝。

"你可以给我什么新的首饰，让我在宴会上光彩夺目？"她问奥德。他回答说："你的美丽无与伦比，不需要任何首饰。"

但她并不满足于此，并且决心设法在哪里找到一件首饰。她想让她的美丽再多添一分姿色，在众女神之间引起轰动。于是弗蕾亚走着走着，离开了福克韦恩。那天非常热，她想要在林间的树荫下寻找一些阴凉处，不知不觉走上一条小路，她知道那里通往矮人的洞穴。

"我不应该来这儿。"她对自己说，因为她经常听到尼奥尔德和奥德警告永远不要踏入这些地方。尽管如此，她一想到可能会找到被这些小工匠们藏起来或者遗失的珠宝，就继续走了下去。她继续向

前，光线越来越昏暗，空气越来越稀薄。她听到了锤子叮叮当当的声音，忽然，黑暗消失了。"这是什么？"她想，"我面前的光芒绝不是阳光。"确实不是！那是几千盏小小灯笼的光芒，漆黑的洞顶挂满了钻石，岩石墙边是闪闪发光的金山银山，灯笼的光线被钻石的剖面折射得让人眼花缭乱。

在这闪烁的光芒下，弗蕾亚能看见健壮的小矮人们了。他们忙碌地跑来跑去，一些拿着镐，一些拿着锹，还有一些跟跟跄跄地背着一大堆金属。有四个矮人——身型比其他矮人高大一些，看上去更加丑陋——似乎在指挥着这些忙碌的工人。不过，当弗蕾亚一走近，这四个矮人立刻离开，围坐在一张石桌前，似乎捣鼓着一个闪亮的物件。弗蕾亚虽然十分好奇，却看不太清楚，矮人们拿着它移动时，它散发出来的光芒就如闪电一般耀眼。慢慢地，她越走越近。丑陋的小矮人们做了个鬼脸，然后接着叽叽喳喳地聊天，假装没有注意到她。现在她已经非常靠近了，贴在了桌子上。弗蕾亚惊呼了一声，蒙住眼睛：光芒几乎让她看不见了。她看到了什么？

那是布里希嘉曼，世上最璀璨夺目的一条项链，用最纯粹的金线精心手工制成，镶嵌的宝石闪耀着世上所有的色彩。一股迫切的渴望占据了她的心。她忘记了一切——对父亲的职责，对奥德的爱，作

为华纳神族公主的尊严，还有对危险的矮人们的恐惧。

"小矮人，获得这条项链的代价是什么？"她终于问道，四个小工匠对彼此邪恶地眨着眼。

"美丽的女神，代价是你的爱人。"其中一位回答，摇晃着身子坏笑。弗蕾亚惊恐地向后退缩。奇耻大辱——她可是一位神族，却要用她的爱人和可恶的捣蛋鬼们换一件首饰？

她慌忙转过身，避开面前咧着嘴笑的矮人们，朝着从地面林间进入山洞的入口跑去。不过，在她跑出去之前，她回过头，看到矮人们举起布里希嘉曼，宝石的光芒闪耀无比，让整个山洞灿烂辉煌。唉！他们又牢牢地勾住了弗蕾亚的灵魂。她再也无法抵抗，朝着宝物飞奔过去，双手紧紧地抓住项链。

"你爱我们吗？"一个矮人不怀好意地看着她问道。

"爱，爱。"弗蕾亚回答，满脑子只有刚拿到的首饰。"我们所有人吗？"另一个讨厌的捣蛋鬼尖声问，在她身边跳来跳去。"对，对。""那给我们每个人一个吻作为信物。"另一个咆哮着，把他脏兮兮的小脸蛋凑上去。接着，还没等她意识到发生了什么，所有的矮人都扒在她身上，四面八方拉扯着她，抓她的手，拽她的头发，想要得到她的吻。

弗蕾亚试图逃走，她用力把他们推开挣脱出来。然而这期间她仍紧紧地抓着项链，似乎比起所遭受的侮辱，她更在意项链。终于，她挣脱了他们的魔爪，挣扎着跑到了入口，爬了出去，身后可恶的捣蛋鬼们穷追不舍，大声地嘲笑和尖叫着。她疲惫又害怕，回到了福克韦恩。现在，布里希嘉曼戴在了她的脖子上，她逐渐感受到一股重量压在心上。她想要让奥德看到自己，赞美她的美丽，加上宝石的光芒让她更加光彩夺目，她也许会忘记在恐怖的洞穴里发生的事。但是她怎么都找不到奥德。

她找遍了福克韦恩的所有房间，问遍了仆人，还向其他的华纳族人打听，但没有人见过他。弗蕾亚坐在宫殿的门厅抽泣着，头低垂着埋在膝盖间。女神们前往奥丁的盛大宴会时经过她，不过没有人好心与她讲话，除了女王弗丽嘉。她知道弗蕾亚的脆弱，明白她的悲伤，停下来问："孩子，是什么让你苦恼？跟我讲一讲你的心事。"于是弗蕾亚对女王倾诉了整个故事，请求女王告诉她该如何找回她的

丈夫。

　　"善良的奥德发现了你的所作所为之后，无法忍受同你待在一起，"弗丽嘉回答，"他一个人在米德加德游荡，为你的耻辱哀悼。"

　　"啊，女王，把这可恶的宝贝拿走吧，"弗蕾亚乞求，试着把项链扯下来，"把它还给矮人，也许这样奥德就会回来了。""不，孩子，你不能这样轻易就赎了罪。必须要忍受许多年悲伤之后，奥德才会回到你的身边。"于是，弗蕾亚痛苦万分地乞求从众神之父的宴会上离开，去米德加德寻找奥德，奥丁准许了。她召唤来自己由两只大猫拉的车，跳了上去，和阿斯加德的塔楼挥手告别，一溜烟儿离开了。

　　她在大地上游荡了许多年，向每个人打听她的丈夫，却始终找不到他。有时她恨布里希嘉曼，感觉那是围在她喉咙上的一条绳索，勒得她喘不过气。有时她又看到池塘里自己美丽面庞的倒影，或者凡人爱慕的目光，对项链的态度又缓和许多。她对自己说："等我见到奥德的时候，我该是多么漂亮的样子呀。"就这样，即便她因为失去爱人而心痛，却仍没办法对她的罪过完全忏悔，也没办法完全摆脱虚荣。

　　终于，过了很久很久，她走遍了所有的土地和城市，忧郁又孤

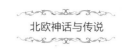

独地回到阿斯加德。她来到女王面前，跪在女王脚下，说："奥德永远都不会回来了吗？我的命运已经注定了吗？难道没有办法让我自己摆脱这诅咒吗？"她的手放在解开这条闪闪发光的项链的搭扣上。"等时机成熟的时候。"弗丽嘉回答。弗蕾亚哭着离开了。等她走开后，女王转向奥丁，问道："她承受的还不够吗？""够了，"奥丁回答，"去洛基的心中找寻，你便能知道她的解脱之日。"

　　洛基，欺骗者，火焰之神，他是居住在阿斯加德唯一罪恶的天神。起初他的邪恶本性并不为人所知。他和温柔的妻子希格恩一起生活，会掩盖自己的天性，只是制造一些小麻烦。诸神也都知道他总是喜欢胡闹，做一些恶作剧。不过，因为他足智多谋，英俊帅气，幽默风趣，还懂得人情世故，奥丁在几百年里一直容忍着他的冒昧无礼。直到洛基心中充满仇恨，众神之父才将他从这神圣的城市驱逐出去。不过这件事距离奥丁让弗丽嘉去欺骗者洛基心中找寻弗蕾亚的救赎之时还相差很远。

　　弗丽嘉看了洛基的心，看到他极其渴望拥有布里希嘉曼。她笑了，因为她知道等有人从弗蕾亚身上偷走项链的时候，她便能得到救赎。在福克韦恩进行偷窃是非常艰难的，洛基为此精心制订了计划。终于，机会来了。他想等确认没人看到的时候，就变成一只苍蝇，从宫殿屋顶的小裂缝飞进去。他偷偷摸摸地在各个房间搜寻，终于找到了弗蕾亚的房间，她躺在那儿熟睡着，毫无防备。他解开项链，飞快地逃跑了。弗蕾亚翻了个身，发出一声呻吟，但没有醒过来。倒霉的洛基！他忘了有一位神祇从不睡觉，总是在守望着，那就是海姆

达尔。他是阿斯加德与米德加德间虹桥的守卫者，时刻警惕着一切危险，当然也看到了这卑鄙的行为。他立刻从七彩斑斓的王位上起身，骑上马追赶小偷。"把你偷的东西交出来！"他大喊，用剑指着洛基。"不可能！"洛基回答，欺骗者站着的地方只剩下一团燃烧的火焰。

海姆达尔不会在魔法上认输，他立即变化成一朵乌云，把火焰熄灭。于是，洛基又变身成一只熊，海姆达尔也变成了一只更大的熊。接着，洛基变成了一只海豹，却再次被一只更大的海豹追赶。洛基逃进了海里，两人展开了一场恐怖的搏斗，最后洛基浑身是伤，疲惫不堪地变回他原本的模样。

"放下项链！"海姆达尔命令。小偷只能骂骂咧咧地放弃了。

胜利者骑上他的骏马，朝着奥丁的王座进发，将这不祥的宝物放在众神之父脚下。

"阿斯加德绝不会包容此等不正当之物，"奥丁听完海姆达尔的故事后说，"把它送回矮人的洞穴。让他们把项链藏在黑暗之中，这样便不会再次玷污良善的眼睛。"

没过几天，虹桥的守卫者正从他的瞭望塔守望着，他看到奥德缓缓走在米德加德到福克韦恩宫殿的路上。在宫殿的门前，弗蕾亚的脖子上戴着一个红玫瑰花环，正站在那里等着他。

索尔与巨人的故事

索尔是奥丁的长子，是众神之中最强壮的一位。他拥有三件由矮人打造的，比黄金更加珍贵的宝物：一件是米奥纳尔，一把无论他投掷多远、永远会自动回到他手里的巨大锤子；第二件是一副钢铁手套，戴上这副手套才能拿起锤子；最后一件是一条腰带，让任何系着它的人力量翻倍。

众神相信当他这样武装起来时，没有人是他的对手。索尔也对三件宝物沾沾自喜，因为他可以比阿斯加德任何人都投掷得更远，击打更有力，瞄准更加精确。他从未在巨人一族面前尝试过米奥纳尔的威力，所以他迫不及待地想要开始一段冒险，以此证明他的勇气和武器的致命力量。

　　"父亲，我想要前往约顿海姆，同我们的宿敌试试运气。"一天他
对奥丁说。而奥丁也想要探出巨人一族的活动情况，便答应了他的请
求，还建议他带上火焰之神洛基。那时洛基邪恶的本性还尚未完全暴

露，他的聪明才智与足智多谋在旅途中总能派上用场。此外，近来洛基很少制造麻烦、招惹是非，而且懂得在雷神的力量面前克制自己。

"好，我会带上洛基。"索尔说，他对这项提议并没有任何不满。即便火焰之神有诸多缺点，他们仍是朋友。很快，两位冒险者坐上雷神著名的战车——由两只毛发乱蓬蓬的山羊拉着，带好武器和一些旅途所需的物品出发了。

第一天结束的时候，他们来到了一间破旧的小屋，决定在那里留下过夜。

"两个疲惫的旅者寻求好心招待。"索尔大声说，他敲着紧关的窗户。

"快请进来吧，"里面传来声音，"不过我们的晚餐简陋，没什么能招待你们的。"农民夫妇摆在桌上的饭菜的确难以下咽，索尔和洛基面面相觑。

"这些哪儿够填饱我们的肚子。"索尔说。他走出去，把米奥纳尔举过两只山羊的头顶，一击便把两只山羊杀死。接着他把羊拖进屋子，让好心的妻子烹饪一锅美味的炖肉。

过了一会儿，两位神、农民，还有他们的孩子——希亚费和萝斯瓦，坐下来饱餐了一顿美味丰盛的山羊肉，替代了原本桌上可怜的

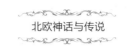

几块面包和奶酪。

"千万小心，"索尔说，"不要把你们盘子里的骨头弄断。你们吃完骨头上的肉之后，把骨头扔到我放毛皮的角落那边。"

洛基就坐在小希亚费身边，他一听到这命令便悄悄地对男孩说："这不过是我朋友愚蠢的一时兴起。你要是想吃骨髓，把骨头弄断也没有关系。"

希亚费非常喜欢吃骨髓，却很少有机会可以吃到，于是听从了洛基的教唆。等索尔把头扭到一边的时候，他迅速地折断了盘子里的一个细骨头，吸了骨髓，然后趁没人注意把骨头扔到了角落里。

那一晚什么都没有发生。不过第二天一早，索尔拿着米奥纳尔走到毛皮和骨头堆旁，他把锤子举在上面，念了一句神奇的咒语。毛皮立刻伸展开来，骨头连接到了一起，一眨眼的工夫，又变成了两只毛发乱蓬蓬的大山羊，小跑着出门到院子里的战车边。

希亚费惊讶地看着这奇迹般的一幕，但当他看到其中一只羊的后腿跛着的时候，心里一沉。

"啊！"索尔咆哮，希亚费本想要逃跑，藏进树林里，但是他控制住了自己，鼓起勇气面对愤怒的雷神。他抽泣着，坦白了前一晚自己没有服从命令。"请您原谅我吧，伟大的神。"他乞求道。索尔也猜

到是洛基在幕后指使，便回答说："要原谅你有一个条件。你必须作为我的仆人，随我到约顿海姆去。这一路我会教你服从命令的意义。"

希亚费十分乐意前往，他的妹妹萝斯瓦也请求陪他一起去。就这样，当他们再次出发时，旅团变成了四个人。一路他们穿过了许多地方，终于来到米德加德的边界，跨过海洋来到约顿海姆。到了那里，他们立刻被冰霜、风雪和迷雾包围住了。许多天里，他们都在艰难跋涉，除了野兽之外一个活物也没有见到。他们的四周是巨大的山脉和陡峭的悬崖，在昏暗之中看起来就像他们所要寻找的敌人。

一天晚上，他们疲惫地走了一天之后，来到了一栋庞大的房屋前，屋门和建筑一样宽。他们大喊，但没人回应。索尔在前面带路，他们走了进去，发现屋里有一个偌大的大厅，上面延伸出五个稍小一些的房间。没有任何家具，也看不到有人居住的痕迹。

洛基说："我们就在这里吃饭休息吧！"

他们还没来得及抻抻腿，一阵振聋发聩的咆哮让他们再次跳起来。房子晃来晃去，他们被扔起来砸到墙壁、撞到对方，就像盒子里的豌豆一样。

"唉！"萝斯瓦害怕地大喊，"难道是什么野兽嗅到了我们的气味，在召唤其他怪兽来吃掉我们吗？"

"不要怕，孩子，"索尔回答，"只要我还拿着米奥纳尔，就没有怪兽可以伤害到你。"接着他跟跟跄跄地走到了摇晃着的屋门口，观察着外面的黑夜，不过没有敌人出现的迹象。于是他转头对里面的三位同伴说：

"你们三个去大厅尽头的房间里休息，我会在这里守到天亮。安

心睡吧。"

　　听到这令人安慰的话，依赖于雷神的力量和勇气，洛基、希亚费和萝斯瓦摸索着进入其中一个房间睡觉了。

响声一夜都没停。早上索尔离开他的岗哨，决定把这动静的来源找出来。没走多远，他便看到一个巨人躺在地上睡着，他的每一次鼻息都像一阵狂风，时不时的呼声震得他躺着的大地摇晃。

"这就是我们地震的原因了。"雷神想，回到房间去把朋友们叫醒，让他们快出来看看。他们正偷偷看那庞大的巨人时，索尔忽然大笑了起来。笑声把巨人吵醒，他缓缓地移动身体站直，他的头和后面树林里最高的树木一样高。

"嘿，小人儿！"等他完全站直后大喊道，"你们在我的手套里做什么？有人一直摆弄大拇指来着！"说着，他伸出一只巨大的手，把那三位旅者休息的"大厅"捡起来。

索尔揉了揉眼睛，确认自己不是在做梦。

"你可以叫我小人儿，"他说，望着巨人咧着嘴笑的脸，"但是，记住我叫索尔，雷电之神，我从阿斯加德而来，因你们邪恶的罪行同你和所有巨人一战。"

"很好，"巨人说，"那么你就从斯科米尔开始吧——也就是我。"

索尔接受了挑战，举起米奥纳尔并扔向巨人的额头。

"天啊，"他说，揉着刚刚锤子砸到的地方，"一片树叶给我搔痒呢！"

锤子回到了索尔的手中，这便是他那双钢铁手套的魔力。他再一次瞄准，投掷。

"一颗橡果砸到我了吗？"巨人问。

索尔怒不可遏，用双手握住米奥纳尔，使出全身的力气扔了出去。那一击足以让岩石粉碎，不过斯科米尔只是笑了笑，说："我以为是鸟把羽毛掉在我的脸上了呢。"

雷神没有办法了，他无助地站在那里。

"小小的神，"巨人咯咯地笑，"你认为你遇到的第一个巨人的力量怎么样？我看你现在最好还是回阿斯加德去吧，跟他们讲讲你是怎么给斯科米尔的头挠痒的。"

"不，我决不会回去，"索尔大喊，"除非我有更多可以讲的故事！等我离开约顿海姆，你会收回现在的嘲讽。"

但巨人只是咯咯地笑着，转过身朝着树林大步走开了。

他们望着巨人的头在树林最高的树枝间起起伏伏，一直到他走了一段距离，索尔把三位同伴叫到身边。

"我们必须跟随他到他的宫殿，"他压低声音说，"然后再想办法打败他。"

于是他们小心地跟着巨大的脚印穿过了树林，来到了一片平

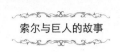
原。平原最中央是一座城池，四面的城墙和山一样高。大门紧锁着，不过他们很轻松地从栏杆间的缝隙走了进去，如果要从钥匙孔中爬过去也毫不费力。

城市的街道冰冷又空荡。终于他们一行人来到了一座大门敞开的宫殿，里面传来宴会的声音，热闹非凡。索尔打头阵走上台阶，穿过门厅后来到一个房间，里面有五十个巨人坐在五十把巨大的石椅上宴饮、欢笑。坐在餐桌尽头的一个巨人看上去似乎是他们的首领，体型更加巨大。索尔走到他身边，向他行礼问候。

"我们是初到此地的过客，"他说，"希望东道主不介意招待。"

"的确，"巨人首领回答，他的名字叫厄特加德，"你们定是过客，我的国度可没有这么小的虫子。至于酒肉，只要你能证明自己有资格同巨人坐在一起，便任你们畅饮。"

索尔对这一番唐突无礼的招呼并不怎么满意，但他不愿引发争吵，于是幽默地回答道："我的酒量可是出了名的。"

"把大杯子拿过来。"国王厄特加德召唤他的一位仆人，接着对索尔说："要是谁能把那杯子里的酒一饮而尽，我们就称他的酒量好。如果要分两次喝，那他的酒量也算不错。我们这里最弱小的分三次也喝完了。"

索尔盯着他面前盛满了酒的细长号角，根本看不到底，不过他还是确信自己可以轻松喝完。他深吸了一口气，把号角举到嘴边，喝得快被噎住了，直到感觉喘不过气才停下。看啊，酒的泡沫几乎还在杯沿那儿呢！他再一次举起杯子，喝得缺氧，感觉天旋地转，但是号角里的酒似乎只比之前少了一点点。第三次他举起杯子，用力喝了很久，血管都快要爆开了，不过还是没能喝完，看上去甚至还没开始喝呢。

"你的号角有魔法。"他粗声说，把杯子递给仆人。所有的巨人都在嗤嗤地笑，他们窃笑的声音仿佛和岸边的海浪一般响亮。

"再给我一个测试，"雷神说，被他们的嘲笑刺痛，"这一次，就由你，厄特加德国王来提议。"

"很好，"巨人国王回答，"你便来证明看看你手臂的力量是不是强过你的喉咙。把我的宠物猫带来。"

一只巨大的灰猫立刻被带到大厅中央，索尔的挑战是把它举起来。

"简单。"他想，大步走到大猫身边，漫不经心地把一只手放在下面，但是它一动不动。于是雷神用双臂环抱住它，用力抱紧，甚至能听到自己的关节咔咔作响，不过结果只是把这动物的一只爪子从地面上抬起了几厘米。

"哈，哈，哈，"厄特加德大笑起来，其他巨人也跟着笑，"小小的阿斯加德神真弱啊！我在襁褓里的孩子都做得更好。"

索尔又愤怒又羞愧，但他仍然不愿承认失败。

"你用你的杯子和猫赢了我。让我和你们这儿的摔跤手比试比试，要是我不能把他摔倒，我便承认自己输给了巨人一族。"

厄特加德看了看在座的各位。

"我看这儿的巨人还不够小，"他说，"把我的女仆赫尔叫过来，她一把年纪，或许可以让你有机会试一试。"

过了一会儿，一个丑陋的老太婆步履蹒跚地走了进来，用力地倚着一根拐杖。她没有牙齿也没有头发，眼睛几乎看不见了，四肢也因为衰老而颤颤巍巍。

"我不能和一个老婆婆摔跤。"索尔说着向后退。

"她要比看上去更加强壮。离她近一些。"厄特加德下令。老太婆接近雷神，抓紧他腰上的钢铁腰带。

接着一场漫长又可怕的斗争开始了。雷神用劲了他所有的技巧、力量和智慧，但他逐渐感到力不从心，终于单膝跪在地上。他的头在老太婆一只手的力量下屈服低垂。

"够了，"厄特加德喊道，"赫尔赢了！阿斯加德的索尔，你觉得我的老仆人怎么样？你还认为自己的力量和巨人不相上下吗？"

索尔回答："我输了，不过优雅地承认失败仅次于获胜。"

"坐下吧，你和你的小同伴们，同我们共饮。"厄特加德说。宴会继续，索尔同大家畅聊，似乎刚刚不幸的战败并没有影响他的脾气，也没有让他丢掉礼仪。

夜幕降临的时候，巨人们纷纷回到自己的城堡，国王热情地为四个旅者提供了住处。

第二天他们一大早起来，踏上回程，东道主一路送行。走到城门，国王同他们四人告别，把索尔单独叫到身边，询问他现在是如何看待巨人一族的。

"这里是否要比你预期的更加强大？"

索尔毫无羞愧地回答："我给你们留下的印象不过是我的弱小，不过我会记住你们的强大。"

国王厄特加德拍了拍他的肩膀，他的脸庞明亮起来，就像太阳照耀在山顶上。索尔仔细地盯着，他看到这面容与他在树林中遇到的巨人——斯科米尔一模一样。斯科米尔知道自己被认了出来，他笑着说：

"现在既然你要离开我的国度了，我便把真相告诉你。如果我不是猜到了你的力量，你绝不可能离开这里。雷神索尔，你要知道，我只是用魔法战胜了你。否则我和我的族人都会败在你的手下。在树林里，当你把米奥纳尔砸向我的时候，我挪了一座山在面前才救了自己；你的第三次投掷在那座森林留下了一条巨大的沟壑，就算桑田变成沧海也无法填平；当你从我的号角中喝酒时，你并不知道那底部与海洋相连，一千个巨人或神也不可能喝完，但是你的酒量之大，让海水从海岸上退去，从此有了潮起潮落；你试着举起的灰猫是耶梦加得，是环绕整个米德加德的巨蛇，当你举起爪子时，我的心跳都停了，因为你要是成功了，整个世界、海洋、天空都会崩塌，化为一片虚空；不必因在摔跤比赛中被打败而垂头丧气，因为我的侍女赫尔是死亡，没有人可以战胜死亡。走吧，索尔，回到阿斯加德。你的力量要比我们更强大，不过我们永远可以用魔法守卫自己。去吧，不要再来巨人之国。"

索尔听着巨人的话，越来越热血沸腾。"所以我一直被欺骗玩弄了。"等斯科米尔一说完，他便脱口而出，举起锤子，准备扔向头顶巨大的脸。不过正当他瞄准的时候，巨人消失了，只留下原地一座巨大的山峰。离洛基不远处，希亚费和萝斯瓦躺在地上睡着了。

"现在我必须要耐心地回到阿斯加德，"索尔对自己说，"不过，

等着吧，斯科米尔，我会再来拜访你，到时候准备好魔法对抗你的诡计。"

　　他把同伴叫醒，他们很快回到了米德加德，两个孩子被交还到父母身边。索尔和洛基不久便回到了神圣的城市，奥丁在英灵殿准备了宴席来欢迎和庆祝他们的回归。他们讲述旅程中的冒险故事时众神迸发阵阵欢笑，洛基发誓绝对不会再冒着生命危险被巨人一族玩弄。不过索尔在众神之父耳边悄悄说了什么，奥丁严肃地点头同意。那是一次很长时间内让众神都不会再次集合出发，同斯科米尔一族碰运气的旅程。"要是下次交涉我没能成功而归，我的名字就不叫索尔。"他暗暗对自己说道。

伊杜娜的苹果

　　在阿斯加德最美丽的树林里，众神建造了一间漂亮的亭子，伊杜娜总是在那里乘凉。他们建造亭子，一部分是因为从精灵王国来的小伊杜娜嫁给诗人布拉基时，她动人的笑声和沉鱼落雁的美貌俘获了他们的心，还有一部分是因为他们想要赢得伊杜娜的芳心——她拥有巨大的宝藏，堪称整个阿斯加德最珍贵的宝物，也就是永葆青春和美丽的秘密。

　　树林中央有一棵高大葳蕤的树，上面结满了金红色的甘甜苹果，每天都有成熟的果实可以采摘。无论采下来多少，总是有新的果实长出来，但除了布拉基的妻子没有人能采摘。她把苹果装在一个金边镶嵌的水晶篮子里，每天把这些分给诸神，他们每天午饭后都要去

拜访她。

就连奥丁和弗丽嘉也无法忽视伊杜娜，因为只有定期食用新鲜、美丽的果实，他们才能永远保持这无价之美。

树林里总是一片祥和快乐的氛围。鸟儿唱着它们从布拉基那儿学到的歌谣，微风同彼此呢喃细语，花朵同它们的女主人的微笑一般美丽，泉水与她的笑声交相呼应。只有一位来到这幸福的天堂却在离开时产生邪恶的念头，那就是洛基，火焰之神。他心里恶作剧的欲望已经变成了想要胡作非为。他憎恨这里的和平，嫉妒众神对伊杜娜的敬意。他贪婪的目光盯上了水晶篮子，想把它占为己有。不过他知道只要她待在树林里，他便没办法伤害到她，而且，他不得不表面对她态度友善，这样才能每天吃到那生命之果。他的嫉妒和恶意与日俱增，最后他说服自己那苹果的力量不过是说说而已。

"伊杜娜和布拉基都是伪君子，"他告诉自己，"他们的树和其他的树相比也没什么两样。"

奥丁和赫尼尔即将出发去米德加德，便命令洛基去为他们准备一些苹果作为随行物品。洛基对此很不屑，但不情愿地照做了。但是，小伊杜娜的心里不曾有一丝丑陋的情感，毫无疑心地把苹果给了洛基。即便他伸手接过来的时候眉头皱成一团，噘着嘴，目光怒气

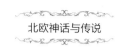
冲冲。

洛基刚刚离开，布拉基便赶回树林，走到泉水边的苹果树旁，伊杜娜正坐在那里沉思。

"亲爱的妻子，"他说，"我带来了一个好消息和一个坏消息。我刚遇到了众神之父，他和洛基还有赫尼尔在一起，正在去造访人类的路上，我必须要赶上他们。我也感到有必要前往米德加德。很久以前，我曾在人间游荡、唱歌、讲故事，激发人们的高尚情操，但他们已经遗忘了这些日子。男人在劳作时无精打采，女人在卷线杆旁无所事事。他们没有诗歌告诉他们什么是美丽，为劳动减少一些痛苦。他们需要我。"

伊杜娜并没有任何怨言，因为她知道布拉基说的是事实。她打开她的篮子，给了他几个苹果带着上路，然后温柔地同他告别，祝他一路顺风。

"记住，"他在出发之前说道，"记住你在这里的职责，照顾花朵，守卫苹果。不要离开这树林，耐心地等我回来。"

伊杜娜望着他向下飞行的身影，直到他消失在云层与山顶之间。接着，带着一点儿悲伤和失落，她坐在那儿等着众神的拜访，盯着自己在泉水中的倒影。突然，清澈的水面被一片巨大的阴影覆盖，

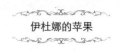

越来越黑，越来越近。她抬头，惊慌中看到一只巨大的老鹰在她头顶盘旋，锋利的爪子正伸向她。他有锐利的黄色眼睛，翅膀已经合拢，准备向下俯冲。她用手捂住脸，害怕地逃到她的宫殿里。她回头看到那巨大的鸟仍在空中盘旋，头扭来扭去，仿佛在监视树林的每一个角落。接着老鹰忽然调转方向，扇动着漆黑的翅膀迅速飞向米德加德的方向，消失了。

那天下午，众神照常来拜访伊杜娜，她并没有同他们讲述自己恐怖的经历。"因为，"她温柔地想，"如果我在给他们青春之果的同时，又用不安让他们衰老便没有意义了。"

不过弗丽嘉女王注意到事情不对，便把她拉到一边。

"是什么在困扰你，小伊杜娜？"她问。

"现在布拉基走了，我一个人很孤单又害怕。"伊杜娜回答。

"离开树林，在他回来之前和我一起住吧。"

"不行，我不能离开我的鸟儿和花儿，而且如果我不在，没人采摘神圣的苹果，众神该怎么办呢？女王，您知道，那苹果树的枝干只能让我采摘。"

弗丽嘉笑了，她看到女孩可以用职责战胜恐惧，感到非常满意。

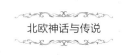
"那么再见了，伊杜娜，"她说，"我会每天都来看你，让你开心一点儿。"接着她带领众神回到了他们的住处。

与此同时，那只瞪着眼的鸟儿发生了什么呢？他最后飞去哪里了呢？

老鹰迅速地超过了奥丁一行人，等他看到他们停下准备炖牛肉用餐的时候，便也悄悄地停在附近的一棵树上。

"我在研读这本咒文书的时候，你们看着锅。"奥丁说，他就在那只鹰停留的树下伸展身体。

过了一会，赫尼尔说炖肉应该好了。奥丁和洛基走到锅边，当他们掀起盖子的时候，看啊！牛肉和刚刚扔进去时一样是生的。

"怎么会这样？"赫尼尔厌烦地大喊，不过他又把盖子盖好，让不耐烦的天神再多等一会儿。

一个小时过去了，赫尼尔看着他的炖肉，肉还是生的。重复了几次，他们这才确定肯定是魔法在作祟。奥丁正准备用咒文来发现是谁在作恶，这时从树上传来一个刺耳的声音："给我一点儿肉吃，你们的肉才能煮熟。"

几位天神抬头看到一只巨大的老鹰在说话。

"好，"奥丁回答，"下来自己取吧。"

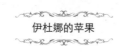

老鹰贪婪地抓住一块巨大的肉,狼吞虎咽地吃进去,接着又吃了一块、两块,看上去好像会把整锅全都吃干净。

"等等!"洛基大喊,"照这个速度我们一点儿也剩不下了。"他捡起身边的一根树枝,用来把鸟儿赶走。他打了一下,又试着再打一次,但树枝的一端神奇地粘在了老鹰身上,另一端粘在洛基的手里。伴着一阵刺耳的笑声,鸟儿拉着受害者一起飞到天上了。很快,奥丁和赫尼尔只能在遥远的天边看到两个黑点,一个大一个小。

"我们必须立刻赶回阿斯加德,"众神之父说,"有人在酝酿阴谋谋害我们。我认为,那只老鹰一定是亚西,巨人族之中最强壮最邪恶的一个。他一定和洛基在策划着什么阴谋,我们必须赶回阿斯加德阻止他们。"

但是命运已经注定,奥丁也无法阻止。

苍鹰巨人亚西拉着洛基飞了很远,掠过大地和海水,一会儿让他湿透,一会儿又让他在石头上撞来撞去,让冷风刺穿他的身体,直到火焰之神求情。老鹰停了下来,说如果要放了他有一个条件。

"我想要得到伊杜娜和她的神奇篮子,"他说,"答应帮我完成,我便放你走。"

试着争辩,又发了一通牢骚后,洛基屈服了,同意尽力去做。

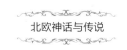

他说，这件事会非常艰难，因为只有从树林中把伊杜娜引开，否则没有人能够伤害她。不过，他因为有机会去伤害他嫉妒的女神而暗自窃喜。一等到他从亚西的爪子下逃离，便回到了阿斯加德，偷偷地前往青春苹果的树林，他发现伊杜娜就坐在泉边。

"美丽的女神，"他诌媚地说，"我来请求你给我一些苹果。你看，虽然我才刚刚从你的花园离开几个小时，但是已经筋疲力尽了。事实上我们去米德加德的旅程被不幸打断了，我相信不久，奥丁和赫尼尔也会来这儿请你帮同样的忙。我们遇到了不幸，只能回来。"

伊杜娜没有好奇地提问，打开她的篮子，给了欺骗者一个苹果。

"这个苹果看起来又小又不新鲜，"他大喊，"长在树林外面的果实可要大得多，也要更光鲜。拿回去吧，我不相信这么小的东西有任何魔力。我会去那边寻找苹果。"接着他假装要离开，伊杜娜拦下了他。

"你说什么，又小又不新鲜？怎么可能？众神之父亲自对我说，我的苹果是世界上最漂亮最甘甜的。你吹嘘的其他果实算什么？"

接着洛基狡猾地告诉她，就在离她的树林入口一百步的地方，最茂密的树林中藏着一棵树，所以没人曾经注意到，那棵树上的苹果要比她的大三倍、甜美三倍。

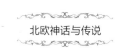

"过来跟我看看吧，"他催促道，"你可以全都摘下来放进你的篮子里，这样众神仍然敬你是世界上拥有最完美果实的人。要是其他的女神发现了那棵树，然后把那棵树守卫起来怎么办呀？到时候整个阿斯加德都会抛弃你的亭子去找她了。"

伊杜娜犹豫着，她知道不该离开她的树林。但洛基看上去非常诚恳，她也很想知道那棵苹果树是不是真的比她的更好。而且，她十分孤单，也期望有一场冒险，所以随后她跟在洛基身旁匆忙离开了树林。

等他们走到大门的时候，她差点退回去。因为她听到了花儿们的抽泣，还有微风的叹息。鸟儿在树上喊着："唉，倒霉的伊杜娜！"

但是洛基抓住了她的手，粗暴地把她拉过大门。一阵冷空气直击她的脸，一片漆黑的阴影覆盖住她。她抬头，看到头顶正是今天早些时候那个恐怖的身影，带着凶猛的目光。

空气变得更加冰冷，影子更加漆黑。翅膀盘旋的声音充斥了她的耳朵，她感到自己的身体被两只残忍的爪子紧紧地抓住带到空中，那两只黄色眼睛恶毒的凝视让她看不见四周。她知道大喊或者挣扎都没用。她向众神之父祷告，把宝贝篮子紧紧抱在胸前，决心无论什么

都无法从她手中夺走这宝物。

亚西飞过了山脉、湖泊、平原和大海，一直到约顿海姆昏暗的迷雾中。小伊杜娜被囚禁在一个三面环湖的漆黑山洞里。

"等你同意嫁给我的时候，给我一个苹果作为新婚礼物，那时候你便可以恢复自由，重见光明。"老鹰已经变成了巨人，说道。

"我决不会答应。"她回答。

亚西不能从她手里偷到果实，只要他把巨大的双手放进篮子里，苹果便会皱缩成豌豆大小。就像除了伊杜娜女神的手可以从树上采摘苹果一样，除了她的手指，没有人能从篮子的缝隙里把它们拿出来。

一天天就这样过去，阿斯加德的众神过得比约顿海姆好不了多少。因为他们之中没有人可以采摘、分发那青春与美丽的苹果，慢慢地这两种宝贵的财富逐渐从他们身上消失。

他们的头发失去了光泽，脸颊爬满了皱纹；他们的背开始弯曲，步伐愈发迟缓；疼痛和疾病找上了他们，欢乐不再。他们坐着绝望地盯着对方，等着死亡找上门来。

终于，诗人布拉基开口——

"众神之父，这敌人要比巨人入侵我们更加糟糕，难道我们什么

都做不了吗？难道我们不能找到伊杜娜吗？干等着她回来无济于事。试着冒险找她，总比我们在年岁和疾病面前逐渐枯萎要好得多。"

听到这番话，众神把他们仅剩的一点儿力气汇集起来，召开了一次会议。他们把洛基叫来，奥丁质问他，索尔威胁如果他不说实话便立刻杀了他。终于，洛基坦白了自己和亚西的所作所为。

"一天之内把她带回来，"索尔怒喝道，"否则我就用最后的力量拿米奥纳尔的最后一击杀了你。"

洛基现在意识到如果伊杜娜不回来，那么他自己，还有其他人都会死去。于是他保证会用上他所有的聪明才智，立刻出发前去约顿海姆。他从一位女神那里借来猎鹰的羽毛，变成鹰的样子。

很快他便抵达了关押伊杜娜的地牢，从窗户飞了进去。她害怕地跳了起来，以为这是亚西的另一种形态。不过等他走近，摘下兜帽后，她便认出洛基来。

"啊，洛基，骗人的叛徒，"她喊道，"你又前来背叛我做更多坏事吗？"

"不。我是来营救你的。"他说，简单地解释了几句自从她从阿斯加德被抓走后发生的事，让她相信这一次可以信任他。

"抱紧你胸前的篮子，"他要求，"不要怕，跟我走。"

他对着她念了几句咒文，她发现自己变成了一只麻雀，篮子也变成了一颗坚果的大小。洛基已经穿过窗户高高地飞在空中。她勇敢地展开自己的小翅膀，飞起来追随他，小小的爪子紧紧地抓着坚果一样的篮子。约顿海姆的迷雾几乎让她没办法呼吸，寒冷要把她的翅膀冻僵了，但是她前面的猎鹰回头对她喊："为了布拉基和阿斯加德！"她便竭力赶上他，飞得更快一些。

他们终于到了海边，不过还没离开身后的沙滩，便听到远处的风中隐约传来一阵刺耳的尖叫声。

亚西发现他们逃走了，此刻追了上来。

他们飞了五天五夜，海浪在他们身下咆哮，身后刺耳的尖叫越来越清晰。

"我飞不动了，"第六天早上伊杜娜喊道，"我肯定要掉到海浪里被淹死！"

"看啊，"洛基大喊，"我们前面就是阿斯加德的城堡在闪光！勇敢点！再坚持一会儿你就安全了！"

小麻雀再一次用力，事实上还有很远呢！不过她能够看到城墙了，还有聚集在上面的众神痛苦地望着一只猎鹰和麻雀被一只怪兽般的老鹰追逐。

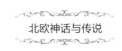
"唉！亚西随时有可能追上他们，"布拉基哀叹，"伊杜娜，我的妻子，我美丽的伊杜娜！"

不过奥丁让他沉默下来，并下令众神尽快收集一切木头——木桩、树干、树枝，将附近花园和树林里能找到的一切堆在墙上，燃起火焰。

由索尔带头，他们依照这个奇怪的命令去做了。等到浓浓的黑烟升起之后，他们聚在一起，目不转睛地望着那三只鸟，现在似乎已经很接近了。他们之间的距离越来越近。飞在前面的猎鹰首先冲刺飞过了黑烟，接着洛基一跃而起，在迷雾中扔掉他的羽毛，得意扬扬地对着小麻雀比了一个成功的手势。接着麻雀用尽了最后的力气紧随他进入了安全区。正当她筋疲力尽地躺在奥丁的脚下时，从麻雀的样子变回了众神心爱的伊杜娜，她的爪子里坚果一样的物件也变回了她的宝贝篮子。

老鹰眼看着他的猎物在火焰的堡垒后消失了。他试着追过去，却因极速的飞行过于疲惫，被自己的重量拉着下坠。火焰向上舔舐着，烧到了他的翅膀。他发出了一声充满恨意的尖叫，扑腾得越来越低，直到他巨大的身型全部被咆哮的火苗吞没。

众神们发出了胜利的欢呼，然后跑到伊杜娜躺着的地方。布拉

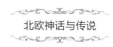
基把她扶起来，在她耳边低声吟诵了神奇的旋律，这力量让她恢复了意识。她虚弱地打开篮子，把苹果一个个拿出来，递给那些伸出来的渴望的手。她的最后一颗果实给了洛基。他羞愧难当地走近，接过苹果，然后偷偷摸摸地溜走了，众神斥责的目光紧随着他。

只有伊杜娜一个人对他微笑，然而她的笑容无法融化他内心邪恶的坚冰。

至于众神，再一次变得年轻美丽。他们在英灵殿欢快宴饮，全然没有注意到他们中间的敌人。

被偏爱的巴尔德尔

奥丁除了以长子索尔的力量为骄傲，还在另一个儿子身上倾注了最深切、最温柔的爱。这位被偏爱的就是巴尔德尔，阿斯加德众神之中最英俊、最善良、最热爱和平，给大家带来最多欢笑的天神。巴尔德尔有一位叫作霍德尔的孪生兄弟，他的样貌和性格与巴尔德尔截然相反，就仿佛凛冽的寒冬与和煦的春日，黑夜的幽暗与晴天的光明一般。

或许霍德尔的忧郁和不满情有可原，因为他眼盲，所以无法和其他诸神一同运动、游戏或探险。如果霍德尔沉默阴郁地坐在议事厅中，或者离开众人，独自去偏远的深林游荡，又或者叹气、呻吟，都没有人会注意到。"他生下来就是忧郁的。"众神都说。但要换成巴尔

德尔，他阳光的面庞上出现一点儿阴影都会让整个阿斯加德乌云密布，因为"他们偏爱的，光芒四射的那一位，生下来便注定被欢乐围绕"。

因此，当众神注意到那张曾经永远欢乐明亮的面庞上蒙上了一层忧郁的阴影时，他们非常担心，似乎巴尔德尔所有的笑声都消失了。他缓慢地走着，目光低垂，手总是捂着心脏的地方，好像心里沉痛极了。

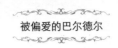

"到底发生了什么？"他们问彼此。在宴席间，他们疑问的目光从巴尔德尔低垂的头上转到了他的父亲奥丁，还有他的母亲弗丽嘉脸上。终于，弗丽嘉再也无法忍受这莫名的忧虑，她把儿子拉到一旁，苦口婆心恳求他把苦恼说出来。

"唉，母亲，"他回答，"我不愿用自己的烦恼使您忧心。不要问我了。"不过她只是更加担忧，再次恳求他，最后他终于说出口了。

"亲爱的母亲，我最近做了不详的梦。死亡女神赫尔出现在我的梦里，有时召唤诱惑我，有时是威胁。我害怕过不了几天，我的末日将会带走我身边的一切光明，把我拉到赫尔海姆。所以我很难过。"

弗丽嘉试图安慰他，不过她的话冰冷单薄，因为她心中知道他的梦是灾祸的先兆。她非常害怕，把儿子刚刚跟她说的转述给奥丁，和他商议过后，她决定让阿斯加德和米德加德的所有人和物对她发誓不会伤害她亲爱的儿子。

"好了，"她对自己说，"赫尔绝不能把他从我们身边带走了。因为地下世界的居民不能杀死一位天神，除非到了世界末日。而且其他一切众生都会遵守他们的誓言，决不能伤害他。"

她对自己的计划十分满意，便让信使将这消息传递到宇宙各处。女武神们整理她们的羽毛战袍，带着女王的命令，全速从阿斯加

德出发，似乎比闪电还要快。华纳神族及跟随他们的精灵匆匆忙忙被召集到大地上，风也紧跟在他们身后。女武神把消息带到了东、南、西、北，从山巅到海底、森林、城镇、宫殿、茅舍之中，一切生灵全部发誓——"我们发誓不会伤害心爱的巴尔德尔"。

弗丽嘉听到这个好消息的时候满意地笑了。没有一个人或物，就连海底的石头和最讨厌的矮人们都没有拒绝她的要求。

"现在我们的巴尔德尔可以忽视那噩梦和不祥之兆了。"她说。

与此同时，众神之父恐惧地想到他心爱的儿子或许注定寿命将尽。他骑上自己八条腿的骏马斯雷普尼尔，快马加鞭离开城市，朝着米德加德之下的地下世界出发。他决心冒险前往赫尔海姆的黑暗区域，找到死亡的女先知——也就是瓦拉来问询，她熟知许多人和神的命运。他跋涉穿过恐怖的冰霜与迷雾，小心地躲开路上的许多陷阱和无尽的裂谷，终于抵达了死亡国度的大门。斯雷普尼尔稍稍后退准备一跃，地狱犬加姆就龇牙咆哮着冲了出来。它在那里昼夜不休地守卫着漆黑的入口。奥丁用矛朝着这猛兽刺过去，逼着地狱犬后退。他的骏马立刻猛冲过去，加姆还没来得及再一次进攻，他们便通过了那扇隔开生与死的黑色大门。一条狭窄的小路向东通向瓦拉的坟墓，在奥丁掉头前去之前，他的目光瞥到前面，面前昏暗的路直通赫尔海姆。

几百个鬼魂匆匆忙忙地来来回回，手里都拿着一杯葡萄酒，穿戴着华丽的长袍、指环和珠宝，好像为前往盛大宴会做准备一样。奥丁心中忽然被一阵恐惧裹挟，接着迅速指引斯雷普尼尔走上东边的小路。一抵达瓦拉被埋葬的古坟——或者说是小土包，奥丁便下马，对着坟墓念了一段力量强大的咒文。接着面前的小土丘逐渐打开，一个如风吹过窗板一样尖细的声音打破了沉默——

"我已经死去很久很久，被风吹霜打雨淋。你是何人，大胆的闯入者，你来找我为何事？"

奥丁并不想让瓦拉知道他的真实身份，于是回答说："我是弗格塔姆，弗尔塔姆之子。告诉我，先知，赫尔海姆的长凳上布满指环是为了谁准备？备好的美酒是为了谁？铺着金丝布的长榻又是给谁？"

接着古坟中传来尖细声音的回答，让众神之父大为震惊——

"那美酒是为了巴尔德尔而酿，长榻是为他备好的。这是你强迫我说的。我将保持沉默。"

"不，"奥丁大喊，朝坟墓命令般伸出手，"告诉我，杀死巴尔德尔的是谁？"

"霍德尔将会杀死他的兄弟光明之神。这是你强迫我说的。我将保持沉默。"

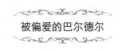
　　然而奥丁的手仍然举着，古坟迫于更强大的力量仍然敞开。"谁会杀死凶手复仇，瓦拉？"

　　"琳达的儿子出生的第一天便会复仇。这是你强迫我说的。我将保持沉默。"

　　但是众神之父仍然不满意。

　　"当我看向未来的黑暗之时，我看到一个人不会为巴尔德尔哭泣，"他大声说，"那个人是谁？"

　　啊！这个问题让他自己暴露了身份。因为除了众神之父没有人能预见这么多。女先知因为被欺骗而怒火中烧，她集齐全部力量对抗奥丁，于是古坟在她头顶慢慢闭合。

　　"你骗人！你不是弗格塔姆，弗尔塔姆之子！你是奥丁，否则你不可能预见这么多！直到背叛者洛基从他的锁链挣脱，诸神的黄昏来临之日，你的咒文或者魔法将再也不能打扰我的沉睡。"

　　声音变得越来越微弱空洞，古坟关闭起来了。奥丁悲伤地转身离开，沉思着他刚听到的沉痛消息，想着瓦拉说的囚禁洛基的锁链会是什么。等他回到阿斯加德，他看到弗丽嘉在宫殿的门廊开心地织着挂毯。在远处青草覆盖的宁静之地大平原上，众神都聚集在那儿，看上去像是在玩一个激动人心的游戏，空气之中充斥着呐喊和笑声。

被偏爱的巴尔德尔

"一切都很好，"奥丁一下马，女王便召唤他，"鸟儿、野兽、石头，就连矮人都对我发誓了，大家正在证明誓言的力量呢。看吧，在宁静之地，他们朝着我们的巴尔德尔扔各种东西，不过一切都不能伤害他。"

奥丁又望过去，他看到了十分奇怪的一幕。巴尔德尔，平静又光芒四射地站在平原中央，每一位天神轮流朝着他发射箭羽，投掷石头或者矛。不过无论武器多么危险，或者他们瞄得多准，全都无法在光明之神的白皙皮肤上留下一丝一毫损伤的痕迹。索尔把米奥纳尔挥向他的额头，不过每一击要么打偏，要么像羽毛一般轻轻地在他头上降落，每一次他们没伤害到心爱的天神，每增添了一分新的证据，他们便激动地呐喊，开心地大笑。

奥丁看到这些，振作了起来。

他想："万物对弗丽嘉的誓言肯定强过一个死去的瓦拉的预言。"他的心中平静许多，回到了他的宫殿。

自从洛基背叛了伊杜娜，让她被亚西囚禁之后，他的邪恶本性愈演愈烈。过了一会儿，洛基被宁静之地传来的笑声吸引过去，等他发现那边发生了什么之后，怒气和嫉妒变成熊熊燃烧的火焰。

"巴尔德尔！"他咬牙切齿，"这位巴尔德尔又是谁？快乐和欢笑

的使者？为什么所有人都爱他但是讨厌我？为什么他偏偏不能被武器击打伤害？他学了什么秘密的魔法？"

种种嫉妒的念头在洛基的脑袋里层出不穷，他决心一定要找到某种方法，给这个本来无害的游戏带去伤害。

他变成一个跛脚老婆婆的样子，然后接近仍然坐在门厅织布的弗丽嘉。

"日安，女王殿下。"看上去像个老婆婆的人声音沙哑地说。

"日安，可怜的婆婆，"弗丽嘉温柔礼貌地回答，"您找我有什么事？"

"我想知道，有多少人和物，无论是死是活都发誓不会伤害您强壮的儿子。"

"一切，所有，好心的婆婆。"弗丽嘉自豪地叫道。"什么都无法伤害他。动物、植物、石头，全都发了誓，"她补充说，"不过，除了那长在英灵殿外橡树下的小槲寄生，它实在太幼小又脆弱，似乎并不值得立誓。"

老太婆嘟囔着，借口蹒跚着离开了，弗丽嘉并没有留心。等到一离开她的视线，老太婆立刻变回了洛基的样子，低声窃笑着迅速来到英灵殿外的橡树下，把长在那里的一小枝槲寄生摘了下来。

他用咒文和魔法把柔软的绿枝变成一枝沉重、坚固的矛柄，然后把一头变成锋利危险的箭头。接着他赶忙回到宁静之地，众神仍然在那里玩耍着他们的新游戏。洛基偷偷摸摸地看着四周，找到了盲眼的霍德尔正郁郁寡欢地靠在不远处的一棵树干上。霍德尔看上去比以往更加忧伤，因为他没办法参与游戏。洛基走到他身边，用谄媚狡猾的话说服他去和其他人一样试试身手。

"拿着，"他说，"这是我自己的矛。为了这个盛大的场合，我把这矛借给你，还会从后面指引你。你便也能和你的兄弟巴尔德尔共享荣光，给午后的游戏多添一分乐趣。"

那灾难性的一瞬间来了：霍德尔拿着矛，在欺骗者洛基的指挥下，勇敢地投了出去。他等待着本应随之而来的掌声和欢笑，但是只有无尽的沉寂，接着是一声哀号，大喊着："巴尔德尔！巴尔德尔！"

唉！矛刺穿了那颗高尚的心脏，光明之神一动不动地躺在青草上，鲜血从他白皙的胸口流下来，慢慢变暗。

众神告诉迷茫的霍德尔刚才发生的事。等他知道了全部经过之后，他赶忙逃离宁静之地，藏身在树林之中，十分害怕来自诸神与人类的复仇。因为杀死人类或天神的人，无论是不是意外导致，都将

必须付出代
价——一命偿一命。
况且他杀死了巴尔德
尔，也就杀死了阿斯加德的
一切欢乐。

众神悲伤地流泪，双双紧紧抱
在一起，他们把那天游戏的悲痛结
局告诉了奥丁和弗丽嘉。

"是洛基干的，是洛基干的，"
他们重复着，"是洛基在幕后指使
盲眼的霍德尔，把矛放在他的手

里指挥他瞄准。让复仇降临在洛基的头上！"

　　不过奥丁让他们肃静下来，他知道命运已经决定了巴尔德尔的末日，等到时机成熟复仇者便会出现。

　　"带着尸体，"他下令，"准备好船，在上面搭好丧葬的柴堆。巴尔德尔必须以阿斯加德国王之子的身份仪礼踏上到赫尔海姆的黑暗之旅。他要穿着华丽的长袍，戴着珍贵的宝石，整个世界的悲伤都将随着他的灵魂飘荡。"

　　于是他们准备好一个巨大的柴堆，把巴尔德尔的尸体放在上面，身边还围绕着鲜花和许多珍宝。奥丁把魔戒德罗普尼尔戴在手上，同时俯身在巴尔德尔耳边说了一些只有命运才能理解的话。巴尔德尔年轻的美丽妻子，南娜，走到甲板上去看死去的丈夫最后一眼，她跪在他的身边，一下子倒在了他的胸脯上死了。她是那么爱他，悲痛得心都碎了。

　　"让她躺在他的身边。"奥丁说，于是众神照做。

　　火把庄严地把柴堆点燃，火焰立刻熊熊燃烧起来，弹起山峰一样高的火舌。风萧萧地抽泣着，把火焰压制下来，仿佛灵魂在哀悼。一个力量惊人的女巨人把船推远，驶入了无边无际的海洋，驶向赫尔海姆。众神望着船远去，直到船看上去像是被漆黑的空间包围着的一

个暗红色的点。

接着弗丽嘉回到大厅，对众神伸出手，大声呼吁："我的孩子们，还不是绝望的时候。我相信赫尔肯定会放了我们心爱的巴尔德尔，他会回到我们身边。他不在这里，阿斯加德便不再有欢乐。你们之中有谁愿意冒险去死亡的国度，把我们的光明之神带回来吗？"

听完，英勇无畏的信使赫尔莫德站了出来。"母亲，我去，"他说，"如果众神之父可以把他的骏马斯雷普尼尔借给我，因为只有那骏马熟悉黑暗的道路，而且不会惊恐。"

"好，"奥丁回答，"我从来没有把它借给过任何人。但是为了巴尔德尔，它是你的了。"

于是赫尔莫德骑上那神圣的骏马，朝着赫尔海姆出发了。斯雷普尼尔跃过加姆，跨过稀疏的栏杆大门，带着它的骑士安全地走进了死亡国度的宴会大厅。巴尔德尔和南娜坐在那里，还有许多其他刚刚进入那恐怖国度的苍白灵魂。

赫尔莫德把他的任务和巴尔德尔讲完之后，巴尔德尔悲伤地摇头。"不，赫尔不会放我走的，兄弟。我必须要待在这里，直到最后天神与巨人一族大战的那一天。尽管如此，把你的请求告诉我们不悦的君王吧，她就坐在那边的王座上沉思。"

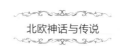

　　不过当赫尔听到赫尔莫德的请求之后，她只是发出尖锐的笑声，回答说："既然天上人间都那么爱你们的巴尔德尔，那便让天上和人间的众生全部为他的死落泪。那样他便可以回到你的身边。不过如果有一个人或者天神拒绝为他哀伤，他就要永远留在这里。"

　　赫尔莫德听到这个条件心里高兴极了，因为他确定赫尔的条件很容易实现。他同他的兄弟和南娜告别，并且向他们保证不久就能离开。他再一次跨上斯雷普尼尔，带着好消息朝着阿斯加德奔腾而去。

　　"好消息，诸神们！"他一回到阿斯加德的大路，从斯雷普尼尔的马背上跳下来便大喊道，"如果天上人间的众神全部为巴尔德尔落泪，他就可以回到我们身边。"一瞬间所有听到这消息的人全都低头流泪，虽然他们已经哭过许多次了。接着，他们迅速在天上各处散布这个消息，告诉其他人赫尔的决定，无论他们走到哪里都被泪水淹没。奥丁接着把他的女战神——瓦尔基里们召集起来，让她们前往米德加德。

　　"走遍天下，"他下令，"向天下昭告'巴尔德尔死去了'，让众生为他流泪。"

她们分头，先是在所有的村庄和城市上空徘徊。昭告一抵达人类的耳中，男人纷纷停下手中的劳作，女人放下手里的卷线杆，孩子们停止游戏，一片巨大的哭声响彻天空。

接着瓦尔基里们告诉大自然："巴尔德尔死去了。"每一块石头的心中和每一朵花的眼中全部涌出泪水。深海中的怪兽、金色头发的美人鱼，就连住在米德加德附近的巨人们也加入了众生的悲伤。最后，女战神们和彼此确认任务已经完成，现在她们可以去地下的赫尔海姆，要求赫尔放了巴尔德

尔。不过正当她们走过大门，其中一位注意到一个地洞中传来一些沉闷的声音。

"等一下，姐妹们，"她说，"也许这里藏着某些生物还没有流下哀悼的泪水。"

于是她们看向洞里，只见一个丑陋的老太婆蜷缩在里面，她正自言自语地忙着掸尘。

"你是谁？"她们问道，"你难道没有听到必须要为巴尔德尔的死流泪的消息吗？快哭，哭出来！"

但是老太婆尖声大笑："我是萨克女巫，我住在地下，从来没见过巴尔德尔的微笑，也不需要。我为什么要在乎他是死是活？让他陪着赫尔吧！老萨克会用笑声为他哀悼。"说完发出一声胜利的尖叫，她像是有隐形的翅膀一样一下子飞到空中，在赫尔海姆的大门上方消失了。

"那肯定是洛基的声音吧？"瓦尔基里们互相问。"唉！唉！我们失去巴尔德尔了，被天神的敌人背叛！"她们难过地转身回到阿斯加德的王座，绝望地跪在众神之父面前。她们不必告诉他发生了什么，也不必说是谁不肯为巴尔德尔哭泣。

"命运的裁决必然无法被颠覆，"他自言自语，"不过我绝不会容

忍阿斯加德神堕落成邪恶的背叛者——欺骗者洛基。从此以后他将被锁链紧紧地束缚，因他的背叛而致使我心爱的巴尔德尔留在赫尔海姆，锁链要更加坚固。"

　　说着，众神之父起身回到他的宫殿，私人议会厅格拉兹海姆。他把索尔叫到身边，他们在那里商讨了一天一夜。

洛基和他的后代的末日

许多年来奥丁容许洛基肆意猖狂，在天神和人类中间作恶，这似乎看上去很奇怪。但事实上，众神之父即便拥有无尽智慧，也无法超越命运知晓或看到一切。他常常被在他之上的力量束缚住双手，他可以感受到那股无所不能的力量，却无法解释。

没有人知道洛基是否是国王的亲兄弟，在亘古之前，巨人伊米尔的后代尚未被淹溺时出生；或者他可能是唯一从大洪水中逃生的怪兽——贝耶尔默的儿子；又或者他真的是奥丁的儿子，生来拥有善良的神格，却在巨人族的带领下走向堕落。不过可以确定的是，如果不是他和众神之父之间存在某种神秘的牵绊，如果他没有经常用聪明才智帮助众神解决一些困难——当然很多麻烦都是他本人造成的，洛基

早就会被逐出这座神圣的城市。

然而，早在他对邪恶的热爱已经达到令人无法忽视的程度时——在犯下最大、最后的罪行，背叛巴尔德尔之前——奥丁召集了所有的儿子们，在这件棘手的事上寻求他们的建议。

"你们之中，"他说，"谁能告诉我洛基为什么最近从只是恶作剧堕落成纯粹的邪恶了？他总是长时间不在他的宫殿，是去哪里了？他温柔的妻子西格恩为什么难过？"

海姆达尔走上前，他的眼睛从未放松警惕："父亲，他常去约顿海姆的迦瑞沃德树林。那里住着一个丑陋的女巨人安格尔波达，他们似乎结了婚，尽管他已经同西格恩立过婚誓。此时此刻，他正在和他的三个怪兽一般的孩子玩耍，而安格尔波达就在一旁看着他们，给他们加油。洛基就是从他们身上学到了邪恶。"

众神惊恐地感叹洛基竟然瞒着他们所有人做这样的事。奥丁立即走下王座，朝着迦瑞沃德树林望去。和海姆达尔说的一样，他看到洛基正在安格尔波达的房子门前，和三个恐怖的生物玩耍，那显然是他的孩子们。其中一个是一条巨大、令人生厌的蟒蛇，他的脸说明他并不普通；另一个是长着凶猛獠牙的狼；最后一个不是别人，正是赫尔，她的相貌无法形容，看上去恐怖极了。

众神之父派遣两位最强壮的儿子，索尔和提尔，去把那罪魁祸首和他奇形怪状的家人带来接受审判。一开始洛基拒绝遵从，不过很快，索尔的威胁还是让生性怯懦的洛基屈服了，一行人出发了。蟒蛇在前面扭动着前进，狼从一边跳到另一边，洛基手里拉着赫尔，提尔和索尔在后面挥舞着剑和棒。按照这样的顺序他们抵达了阿斯加德，众神看到之后全部投来震惊和恐慌的目光。他们一路到达大审判厅，奥丁正坐在那里等他们。奥丁盯着那些怪兽看了好一会儿，无法开口。接着他用严厉的语气呼唤火焰之神，后者正摆出一副顽固挑衅的样子站在奥丁面前。

"欺骗者，这些，便是你的子嗣？就是安格尔波达让你走上堕落之路的？这三个生物简直是灾难，他们将被禁止继续在外无法无天，听听他们的判决！蟒蛇将被驱逐到把米德加德和约顿海姆隔开的海洋深处，他会被称为海蛇耶梦加得，将在海底永不见天日，直到命运释放他；狼将被称为芬里斯，他将被关在阿斯加德外的庭院中，由提尔饲养照看，只有提尔足够强大可以控制住他；你的女儿赫尔——你如此喜爱地紧握她的手——将会前往地下世界，一个王位在等待着她，她将掌管死亡的国度。至于你，洛基，让你同这些邪恶的孩子分开，或许你对邪恶的热爱会减轻，而且鉴丁我们之间的羁绊，你的自由还可以再保留一段时间。"

判决便这样降临到洛基的孩子和安格尔波达身上。奥丁的命令被严格执行，一段时间内一切都很顺利。不过，芬里斯每天都变得更加强大、更加凶猛，还没等提尔去喂养，他便因饥饿而嚎叫不已。而且他在把肉撕碎时会贪婪地长啸，让城市所有居民都感到烦恼。终于，他们前去对国王说："众神之父，我们担心芬里斯很快会超出提尔的控制，从围栏中挣脱出来，把我们所有人都吃掉。所以，请赐给我们一条可以束缚住他的锁链。"

奥丁说他没有这样的锁链可以赠予，不过如果他们想要，可以制作或者寻找这样一条。听完，索尔主动提出用米奥纳尔来铸造，第二天一早他就会准备好一条无法被挣脱的锁链。那一晚，锤子叮叮当当的声音从他的锻冶坊传出来，火星溅到几英里^①之外，风箱抽拉掀起一阵飓风。等到黎明，索尔全身脏兮兮地走了出来，拿着锁链莱定给众神。那锁链的每一环都无比坚固，比任何人想象到的金属都更加坚韧。尽管如此，当他们用来捆绑芬里斯的脖子和脚时，他只是抖了

---

① 1英里≈1.6千米。

一抖，锁链就变成了碎片。

索尔气得咬牙切齿，不过他回到他的锻冶坊再一次干起活来。这一次做了一天一夜，锻造出了德洛米，和莱定一样坚固，准备再一次锁住芬里斯的脖子和脚。但是狼只是舒展了下身体，德洛米和莱定一样变成了碎片。

众神垂头丧气地走开了，索尔大声地喊："不要再来找我帮忙了。这世上有谁锻造出的武器比我的更厉害？"这个问题，似乎没有人可以回答。

过了一段时间，芬里斯的力量和愤怒加倍膨胀。一天，提尔告诉他的兄弟们，要不了几天那野兽肯定会逃离他的围栏，到城市当中作乱。于是赫尔莫德建议："为什么不去找居住在斯沃特海姆的矮人国王呢？不就是那些小矮人们锻造了众神之父的魔戒德罗普尼尔吗？还有可以对抗一切天气的斯基德普拉特尼船，以及索尔的锤子和其他无穷无尽的宝物。也许他们的咒语可以锻造出束缚芬里斯的锁链。"

于是，熟悉斯沃特海姆国度的华纳神族的信使斯格纳尔被派遣带着礼物和承诺去见矮人国王。国王听了众神的请求之后，嘬着嘴皱着眉头思考了一会儿。

"好，"他终于说，"也许可以完成。在这里等三天，锁链会准备好。"

斯格纳尔等了三天。第三天，国王把一条柔软的丝线交到他手上。它是那么纤细，甚至可以穿过针眼；又是那么轻盈，飘在空中仿佛一根绒毛。

"你以为这绝对困不住芬里斯？"国王看到斯格纳尔脸上惊讶的表情，笑着问道，"我来告诉你这是什么做成的。这是由六种东西锻造而成——猫的脚步，女人的胡须，山的根脉，熊的肌腱，鱼的呼吸，还有鸟的唾沫。除了最后一战的号角声，无论多强大的力量都不能挣脱这锁链。"

斯格纳尔赶忙带着宝物回到阿斯加德，众神看到后惊叹不已，他们一个接一个地尝试把丝线扯断或弄坏，全都失败了。奥丁和众神在检查过后满意地笑了。

"去吧，儿子们，"他说，"如果你们能诱骗狼戴上这条锁链，我相信他将不再是我们的麻烦了。"

不过当芬里斯看到众神们带来的精致的丝线时，他害怕自己的力量对上魔法根本无法相提并论。最后，他说要是有人愿意伸出一只手放在他的嘴里来表明善意，他就同意站着让他们把丝线围在自己身上。一阵沉默过后，提尔站出来，冷静地把他的整条右臂放进那张恐

怖又饥饿的大嘴里。很快，索尔和众神用丝线绕住狼头和四肢，把一端紧紧地拴在了庭院里一块最大的石板上。芬里斯向前扑，想着他的束缚应该像烧焦的棉花一样粉碎，但他越是挣扎，就感到自己被锁得越紧。他生气地咆哮，把提尔的手臂咬了下来。他被欺骗了，不过他也得到了他要求的人质。

洛基三个邪恶的孩子现在已经全部被安全地关押了起来，他们将被关到最后的末日，那时天神和巨人全都会殒命。但他们的父亲还是自由的，洛基并没有像奥丁希望的那样减轻身上的邪恶，反而更加不像一位天神，朝着邪恶的方向继续演化。直到最后，正如你所知，他犯下了最严重的罪行，把巴尔德尔送进了他的女儿赫尔手中。

那之后，众神之父不再记得他与火焰之神之间的神秘牵绊，于是他下令，如果欺骗者洛基再次出现在阿斯加德，便抓住他，把他囚禁起来。洛基清楚地知道他对巴尔德尔犯下的罪行已经为他招来全宇宙的憎恨，为了逃避责罚，他在犯罪当天逃离了宁静之地，藏身在深山之中。他建造了一间有四扇门的屋子，可以观望东南西北四个方向，门永远敞开着。这样他希望如果复仇的天神来寻找他，他可以保证有机会逃跑。他谨慎地制订了计划，只要有敌人接近，他便朝着离

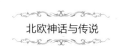
他的小屋不远的山中溪流冲过去。然后变成一条鲑鱼的样子，藏在石头和海草之间。

"就算是这样，"他对自己说，"虽然我可以轻易逃脱鱼竿和鱼钩，但要是他们准备了海之女神澜的渔网，便很容易抓到我了。"

因为害怕这一点，他决定试试这样的渔网能否制成。一天，他正在忙着摆弄着线和麻，看到壁炉里的火焰忽然升腾，让他看向上面。远处，他看到奥丁、索尔，还有许多天神正朝着他的小屋赶来。他急忙跳起来，把渔网扔进火焰里，然后冲到溪流的上游。这样当天神们到达他的小屋时会发现他们的敌人已经跑了，只剩下一块已经烧了一半的渔网在壁炉里冒着烟，地上还有一些没用过的麻。

"什么？"其中一位天神说，"难道他一直在试验渔网抓鱼的能力吗？我们去看看那边的溪流有什么值得抓的。"

接着他们用洛基剩下的麻做了一张很像他们看到的冒着烟的渔网。做完之后，他们拿着渔网出去，扔进了水里，在溪流中仔细搜寻。但洛基变成了鲑鱼的样子藏在两块石头中间逃掉了。他们第二次甩网的时候在上面加了一些重量，这样不仅是水面，连水下的生物也可以捞上来。一条大鲑鱼被抓了上来，它朝着空中高高地一跃，又跳

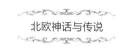

回了水里。

"就是他，"索尔说，"兄弟们，再来一次，我们的敌人跑不了了。"

渔网再一次被甩出去。这一次，当鲑鱼跳起来的时候，索尔紧紧地抓住了他的尾巴。他挣扎着，快断气了，最后只得虚弱地躺着一动不动。

"变回你本来的样子吧！"索尔大喊。鲑鱼变回了洛基，他面色阴沉，任由自己被绑起来，因为他知道再多的挣扎也于事无补了。

众神把他带到了大地深处的一个山洞，锁在三块尖尖的岩石上，一块锁住他的肩膀，一块锁住腰，还有一块锁住他的膝盖。他的宿敌，女巨人斯嘉蒂将一条剧毒的蟒蛇放在他的头顶。蟒蛇口中会滴落毒液，接触到会像滚烫的开水一样让人感到灼烧刺痛。然而，即便是对于背叛者洛基来说，这样的折磨也过于残酷，所以他温柔的妻子被允许带着一个碗进入山洞。她将永远待在高处，接住滴落下来的毒液。只有当她去清空接满的碗时，毒液会掉落在欺骗者仰起的脸上，那时他试图得到自由的挣扎会让整片大地颤动。

这便是洛基的命运，注定躺在那里，无人可怜、无人解救，直到最后的末日——诸神的黄昏到来。那时他和他的孩子，还有其他邪恶的事物都会被释放，整个宇宙都会因他们与天神之间战争的巨大力量毁灭。双方都会在战争中消亡。在毁灭中，新的阿斯加德和米德加德，新的天神、男人、女人会再次诞生，比前一代更加美好、更加善良。至于洛基和巨人一族，他们的罪恶和子嗣会一起永远消失。

沃尔松一族之剑

第一章　大橡树布兰斯托克

很久很久以前，正直的国王沃尔松统治匈牙利的时候，哥特兰岛的西格尔带着许多战士前来开战，要求沃尔松国王交出他唯一的女儿，西格妮。国王西格尔非常狡猾，又十分强大。沃尔松十分苦恼，因为他知道如果拒绝西格尔的要求，哥特人会对匈牙利发起残酷的战争。因此，沃尔松叫来他的十个儿子在布兰斯托克大厅一同商议，而金发的西格妮安静地听着他们的讨论。

布兰斯托克是一棵巨大的橡树，城堡大厅就围着它建造而成。它的枝叶在拱形的屋顶上高高地延伸，树干像一根粗壮的柱子竖立在

大厅中央。西格妮很喜爱布兰斯托克，从小时候起，便感觉她自己的命运隐隐约约和那棵古树连接在一起。

沃尔松国王和他的儿子们热烈地讨论了很久，其中九个儿子都认为不能拒绝西格尔的要求。但是西格蒙德——他们中年纪最大的一个，也是西格妮的同胞兄弟——非常疼爱她的妹妹，主张反对这门婚事。

"灾难会降临在我们的族人身上，"他激动地大喊，"与其把我们的妹妹交给那卑鄙的国王，不如同哥特人殊死搏斗，打一场正义的战争。"他目光坚定地看着西格妮，她用神秘的目光回应了他的凝视。

西格蒙德和西格妮拥有神奇的力量。有时他们可以看到未来的片段，所以他们知道这桩婚事会为骄傲的沃尔松一族带来灾难。但是兄弟们交头接耳，反对西格蒙德的话。国王沃尔松悲伤地问道："你说呢？我的西格妮。"

"父亲，我会遵从您的决定，"西格妮坚定地说，"不过西格蒙德是对的，灾难一定会降临在我们身上。"

她强忍住泪水，绝望地看了西格蒙德一眼，离开了大厅。

即便西格蒙德无论怎样警告和恳求，西格妮还是被许配给了西格尔国王。到了约定的日期，他带着许多哥特族人前来接他的新娘。

他们举办了婚礼，在布兰斯托克的大厅中举行了盛大的宴会。沃尔松和他的儿子们心中没有一丝邪念，接待了他们的宾客。不过在欢乐的人群中间，有两位面色苍白，一言不发。

西格蒙德面前的食物和美酒一口未动，而西格妮坐在西格尔身边仿佛一座雕像。

"我怎么可以同这个我不爱的男人离开家乡？"她悲伤地问自己。这时大门猛地打开了，一个胡须花白，只有一只眼睛的老人出现在门口。他披着一件长长的深色斗篷，蓝色的兜帽几乎把他的脸完全遮住了。

他的肩上扛着一根桦树干，右手拿着一柄非凡的宝剑。他大步走进大厅，到布兰斯托克旁，把宝剑插在树干中，只留剑柄在外面。

"沃尔松和哥特族人，"他大声说，"谁能把这剑从树中拔出来，便可以得到它作为礼物。"

在大厅一片敬畏的沉寂之中，他迅速地大步走到门口消失了。婚礼上的宾客全都非常震惊，因为他们认得那位陌生人。

"那是奥丁，众神之父。"他们彼此小声交谈，想着他的到访是什么预兆。因为他们知道天神从不会在他的臣民面前现身，除非有重大事件即将发生。

谁能从布兰斯托克之中拔出宝剑？这是每个人都想问的。

"让西格尔先去试试他的力气。"国王沃尔松下令。傲慢的新郎心中从未设想过失败，站到了橡树前。

他抓住剑柄，用尽全身的力气试图拔剑，但是剑纹丝不动。他一次又一次用力，但宝剑仍然牢牢地插在布兰斯托克之中。西格尔没办法，最后只好把他的位置让了出来，不过即便一位接着一位信心满满地来到树前，宝剑仍然一动不动。

下一个轮到西格蒙德。他伸出手，不费丝毫力气便神奇般地把剑从布兰斯托克中拔了出来，胜利般高高举起。

大厅中爆发一阵欢呼，因为他们从未见过如此非凡的宝剑。国王西格尔恳求用金子和西格蒙德交换，但西格蒙德回答说，他决不会因为无尽的金子和宝物而交出宝剑。

"如果奥丁是为了你放在那里的，你也可以从树里拔出来。"他骄傲地说。

西格尔转过头去，不让别人看出他的愤怒。从那一刻起，他便决心不仅要向西格蒙德复仇，还要报复西格蒙德的父亲和兄弟们。他假装友善，承诺沃尔松和他的儿子们可以三个月后去看望西格妮，便带着新娘朝哥特兰岛出发了。

可怜的西格妮不幸地在哥特兰岛住下了，对同胞们的造访又期待又害怕，因为她知道西格尔打算阴险地背叛他们。

一天夜里，她看到沃尔松的船只从远处驶来，赶忙跑到岸边。

"回去，快回去，"她对父亲和哥哥们大声恳求，"西格尔打算把你们全都杀掉。"

但骄傲的沃尔松一族并不愿意撤退。

"如果西格尔要做我们的敌人，我们便光明正大地同他战斗。"他们这样回答。

西格妮的恐惧并非毫无根据。尽管西格尔热情地接待了沃尔松，但在黎明前，他带领一大批哥特军队袭击了他们，杀死了沃尔松国王和他的随从，把西格妮的十个哥哥囚禁了起来。接着，西格尔享受着这卑鄙的胜利，他夺来格拉墨（西格蒙德这样命名奥丁的宝剑），然后下令杀死十兄弟。

西格妮恳求让他们多活几天，这样她才有机会想出办法救出他们。

"他们可以再活十天十夜。"西格尔窃笑着回答，他已经设计好了折磨他们的计划。

勇敢的沃尔松王子们被囚禁在一片黑暗的森林中，他们的双脚

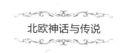

被紧紧地捆在粗壮的树干中。每天晚上西格尔会放出一匹母狼吃掉其中一位，最后，只剩下西格蒙德还活着。

到目前为止，西格妮想出的营救哥哥们的计划都失败了，但她还剩最后一次绝望的尝试。她派出一位忠实的仆人带着一罐蜂蜜去找西格蒙德，并且让仆人告诉她的哥哥把蜂蜜涂在脸上。

那天晚上，当母狼到了森林时，它并没有立刻吃掉西格蒙德，而是先舔舐着他的脸。西格蒙德趁机抓住它的舌头，他的力量大极了，一下子把母狼的舌头拔了出来。接着神奇的事情发生了：母狼殊死挣扎，它的脚用力踩着囚禁西格蒙德的树干，树干裂开了，西格蒙德重获自由。

他逃进了更深的树林，躲了很长一段时间，祈祷有一天可以为族人所遭遇的灾难复仇。

西格尔以为西格妮的哥哥们全部死掉了，非常高兴。不过，最后西格蒙德还是被抓了起来，被带到敌人的城堡。

现在，邪恶的西格尔不愿直接杀掉他，而是想着要折磨他一番，于是把西格蒙德扔进一个深坑，让他在那里饿死。

那一晚，等西格尔睡着之后，西格妮从他身边偷走了宝剑格拉墨，悄悄来到深坑的洞口，把宝剑扔给下面的哥哥。

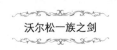
西格蒙德想办法从深深的裂缝中爬了上来。第二天夜里，等西格尔的城堡中所有人都睡着后，西格蒙德放火烧了城堡。

接着，他让西格妮趁时间还来得及，赶紧和他一起逃跑。但是西格妮女王走到窗前，悲伤地摇头。

"我已经厌倦了我的人生，"她说，"虽然我从未同我残忍的丈夫幸福地生活过，但现在我知道你已经为我们复仇了，我愿意和他一起死去。回匈牙利吧，亲爱的哥哥，一个儿子将会降临到你身边，他将是沃尔松一族最伟大的国王。"然后，西格妮看了她的哥哥最后一眼，便回到她的丈夫身边，和他一同在城堡的火焰中死去了。

西格蒙德悲伤地回到了匈牙利。下面便是西格妮所说的预言，关于他儿子的故事。

第二章　莱茵黄金

回到匈牙利的一段时间里，西格蒙德的生活一直风平浪静，不过当他和一位年轻的公主希奥尔迪丝结婚时，麻烦就找上门了。

一位叫作凌的国王也想要娶希奥尔迪丝，为了报复，他带领一支强大的军队进攻了匈牙利。

一场恐怖的战争发生了，但西格蒙德英勇无畏地战斗着。他拥

有宝剑格拉墨，世界上有什么武器是他无法战胜的呢？

战争激烈地进行了一整天，看上去似乎沃尔松要取得胜利了。直到夜幕降临，一位穿着灰色斗篷的独眼老人出现在战场，手里拿着一支矛。

西格蒙德的心中第一次真实地萌生出对死亡的恐惧，他认出了那位陌生人。

"您想要什么？众神之父。"他大喊，不过奥丁没有回答。他对西格蒙德忧伤地微笑着，用他的矛击中格拉墨，宝剑碎成两半了。

天神带着沃尔松族人的好运一起消失了。他们一个接一个倒在战场上，最后，西格蒙德也受了致命伤倒下了。

那一晚他躺在那里，藏身于黑暗之中，沉思着未来的图景，现在许多事情清晰地展现在他眼前。王后希奥尔迪丝一直在到处找他，黎明之前，她终于发现了他，试图止住他伤口的血流。

"亲爱的，让我死去吧，"西格蒙德虚弱地说，"不要为我哀伤，我将很快和奥丁在英灵殿相聚。你将拥有一个儿子来安抚你的悲伤，他是我们最后一个，也是最高尚的族人，人们将称他为英雄西格德。保存好宝剑的这两个碎片，格拉墨将会重新从这碎片中被锻造出来，为英雄西格德所用。"

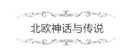
西格蒙德没有了生气，在日出时平静地死去了，留下希奥尔迪丝孤零零一人在凄凉的战场上。可怜的王后和她的一位侍女藏了起来，害怕凌国王会抓住她。很快，就如西格蒙德预言的，她的小儿子西格德降生了，她高兴极了。

那个孩子强壮又英俊，当希奥尔迪丝照顾他时，几乎忘记了自己的伤痛和不幸。

这时，丹麦的王子奥尔夫恰巧驶过匈牙利的海岸，他看到这个国家似乎刚刚经历过战争。于是他来到岸边，询问发生了什么。当他看到希奥尔迪丝王后和她的小儿子时，心中满是对他们的同情。

"和我一起去丹麦吧，"他听完王后悲伤的故事后说道，"你和你的儿子可以安宁地生活在那里。"

希奥尔迪丝直觉奥尔夫会友善地对待她，于是带着属于沃尔松一族的财宝，和小西格德出发去了丹麦。

奥尔夫王子对她非常好，过了一段时间，她答应成为他的妻子。她的生活也十分幸福美满，因为奥尔夫对西格德视如己出。

男孩长大后，正直、英俊又勇敢，所有人都爱他。就连王子的工匠，阴暗的雷金在西格德的身边也阳光了许多，教给了他许多实用的东西。

很可惜，雷金对男孩的喜爱是虚假的，不过没有人怀疑他的险恶用心。自西格德小时候起，雷金就谋划着如何利用他为自己牟利，现在男孩很快长大成人，雷金觉得时机已经成熟了。

"为什么你要像农民一样步行呢？"有一天，西格德在工坊时雷金问道，"西格蒙德的儿子肯定得有一匹像样的马。"

西格德愤慨地涨红了脸。

"如果我开口的话，父亲奥尔夫肯定会给我的！"他喊道。虽然他没对雷金再多说什么，不过一有机会，男孩就问他的继父自己是否可以拥有一匹骏马。

"当然了，"奥尔夫王子说，"去必兹尔河边的马群里挑一匹最好的。"

西格德开心地跑到必兹尔河边，山中湍急的奔流在此汇合。他看着在水边吃草的马儿，开始怀疑自己的判断，不知如何选出最精良的一匹。

突然，一位穿着灰色斗篷的独眼老人出现，问西格德在做什么。

"试着选出最好的马，"西格德回答，"你会帮助我吗？"

"非常愿意。"陌生人回答，他建议西格德把马群驱赶到河里。

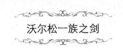

马儿们吓坏了，很快游回岸上，只有一匹马例外。那是一匹看上去十分高贵的骏马，它挺胸无畏地蹚着激流。

"我会选择这一匹。"西格德说，转身去感谢帮助他的陌生人，但是老人已经消失不见了。西格德把他的马命名为格拉尼。当他把陌生人的事告诉奥尔夫王子时，他的继父惊呼："你当然做了最好的选择，因为那是奥丁本人指导的。"

西格德骄傲地给雷金展示了格拉尼。不过，工匠又问他，沃尔松的财宝在谁手里。

"我的母亲在帮我保存呢。"男孩回答。

"为什么还没给你？"雷金说。

"我现在拿它做什么？"西格德漫不经心地说，"不过是金子而已。"

一丝狡猾的光在雷金眼中闪过。

"我知道一份有魔法的宝藏，"他神秘地说，"那宝藏里有一件金铠甲和一个头盔，可以让穿戴的人隐身。唉！"他叹口气接着说："没有人可以得到，除非是伟大的英雄。"

"为什么？在哪里能找到这宝藏？"男孩热切地问。

"不过几里地之外，在奈塔荒原，由一条恐怖的巨龙日夜守

卫着。"

"好雷金，再跟我讲讲。"男孩说。

"那是个很长的故事了，"雷金回答，"我们坐到橡树下吧，我会把知道的都告诉你。"

西格德坐在他的脚边，脸颊红润、眼睛闪闪发光地听着。雷金把莱茵黄金的故事讲给他听。

"我的父亲赫瑞德玛有三个儿子，"他开始讲述，"法夫纳是大儿子，他十分强壮有力，对金子的热爱超过一切；欧特是二儿子，他叫这个名字是因为他常常变成水獭的样子去给父亲抓鱼；我是第三个儿子，虚弱又丑陋，没办法在我的哥哥面前保护自己。"

"一天，欧特抓了鱼后疲惫地躺在一块石头上睡觉。天神奥丁和洛基经过，喜欢捣蛋的洛基朝着欧特扔了一块石头，把他杀死了。然后，洛基剥掉欧特的毛皮披在自己肩上，继续和奥丁的旅程。他们没走多远，就遇到了我的父亲赫瑞德玛，他认出了欧特的毛皮，于是向天神要求足够的金子来补偿他儿子的死。奥丁和洛基没有金子，不过为了安抚赫瑞德玛，洛基许诺会帮他找到安德瓦利的宝藏。

"安德瓦利是一个矮人。很久以前，他从莱茵河里偷走了一些金子，那本是由几位美丽的女神看守的。为了防止女神们派人寻回宝

藏，安德瓦利把金子藏在一个瀑布下，化身成梭子鱼来守卫宝藏。

"狡猾的洛基从海之女神澜那里借来了渔网，然后把网放在水中，将化身成梭子鱼的安德瓦利打捞了上来。安德瓦利尖叫着挣扎，终于被迫放弃他的宝藏，甚至包括他戴在鱼鳍上的指环。但是正当洛基带着他掠夺而来的财宝匆匆离开时，安德瓦利施加了一个庄严的诅咒：除非金子被归还给莱茵的女神，否则它将为每一个拥有宝藏的人带来灾难，而每一个戴着指环的人都将死于非命。

"洛基对诅咒并没有在意，他把宝藏交给了赫瑞德玛。本来指环被交给了奥丁，但是赫瑞德玛抱怨莱茵的金子并不能完全补偿欧特的毛皮，于是奥丁把指环也扔到了毛皮上，然后和洛基离开了。洛基想起了安德瓦利的诅咒，想到灾祸将降临在赫瑞德玛身上，内心窃喜。

"很快诅咒便灵验了，我的哥哥法夫纳独吞了宝藏，把我的父亲赫瑞德玛杀了。他把我赶走，自己变成了一条恐怖的恶龙，这样他便能守卫自己藏在奈塔荒原的宝藏。"

"那宝藏，"雷金重重地叹了口气总结说，"本该属于我的，法夫纳应该为杀害我的父亲而遭受惩罚。"

"你为什么不去和恶龙战斗呢？"西格德问。

"我太弱小了。"雷金说。

接着，西格德欢快地大声说："为我铸造一把宝剑，我会帮你赢回那宝藏。"

雷金因阴谋得逞而暗自窃喜，开始动手铸造一把强大的宝剑。

第三章　法夫纳的克星

几天以来，雷金一直在忙活着，西格德不耐烦地等着。最后，杀死恶龙的剑终于铸成了。

"好了！"雷金大喊，他把这沉重的武器放在西格德手中，"现在你可以去杀法夫纳了。"

西格德在锻冶坊的铁砧上敲了一下，剑就变成了碎片！雷金皱眉。

"我再给你打造一把。"他阴沉地承诺。

他再一次开始锻造，不过当西格德检验新武器的力量时，剑裂成了两半。

"你就这点能耐吗？"小伙子轻蔑地说道，"或许你和法夫纳串通好了想要害我。"

无视雷金愤怒的表情，西格德离开了工匠，前往他母亲的房间。

希奥尔迪丝王后放下手中的刺绣活儿，慈爱地微笑，看着她的儿子走进来。

"母亲，"西格德急切地喊，"是真的吗？我的父亲真的把他佩剑的碎片交给你了？"

"是的，儿子。"希奥尔迪丝温柔地回答，不过她的心一沉，因为她知道西格德离开她的时候到了。

"把碎片给我吧，母亲，"他恳求道，"我必须现在拥有格拉墨，其他剑都不行。"

希奥尔迪丝找到她的宝箱，从里面把破碎的剑拿出来，碎片仍和当初奥丁把剑插入布兰斯托克时一样闪耀。西格德抓过碎片，赶忙跑回雷金那儿。

"你要给我铸造一柄崭新的格

拉墨之剑。"他得意扬扬地大声说。

雷金再一次开始干活，过了很多天，剑才铸好。

"要是这一把还不行，"他把剑交给西格德时说，"我也无能为、力了。"

西格德用力地把剑击向铁砧。这一次，铁砧被劈成了两半，剑完好无损。

"现在你可以去屠龙了吗？"雷金喊。但西格德回答："我要先杀死凌国王，为我父亲复仇。"

只带了一小队人，西格德远航去了原来沃尔松一族居住的匈牙利。他用格拉墨宝剑杀死了凌国王和他的随从，大获全胜后，回到丹麦。

他还记着自己的承诺，立刻去铁匠铺子里找雷金。

"明天我们两个便前往奈塔荒原。"他说。雷金神神秘秘地点了点头。

第二天，他们出发去了奈塔荒原。西格德骑着他的灰色骏马格拉尼，雷金骑马走在他旁边。

他们穿过一片宜人的草原，还有一片幽暗的树林。直到暮色四合，他们来到了一片偏僻的荒野，一条山溪从中穿过。

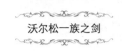

"看啊，"西格德急切地喊道，"那闪亮的痕迹肯定是那怪兽喝完溪水后爬回洞穴时留下的。我们跟随着，直捣龙巢！"

"还不行，"雷金建议，"你必须待在溪水边，挖一个深坑。"

"为什么？"西格德惊讶地问道。

"这样你就能在里面等着，等龙爬过深坑的时候从下面刺中他。"雷金解释。

"那我们就开始吧。"西格德说。

不过雷金嘀咕道："我太弱小了，不能帮你。而且最好还是不要让法夫纳看到我，否则只会让他更加暴怒。"说着，不等西格德的回复，工匠就骑马远远地走开了。

西格德把格拉尼安顿在一个可以歇脚的地方，然后回去打算穿过荒地。突然，一位穿着灰色斗篷的老人出现在他面前，问他要去哪里。

"去屠杀恶龙法夫纳。"西格德英勇地回答。

"你打算怎么杀掉一个那样强大的怪兽呢？"老人怀疑地问。

"我会挖一个深坑，"西格德回答，"然后自己藏在里面，等法夫纳去溪边时，趁他从我头顶爬过，我就用格拉墨宝剑刺他。"

老人摇头。

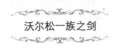

"你必须要挖很多坑，"他严肃地说，"否则，龙血全都会流进你站着的坑里，一下就把你淹死。不过，最好确保龙血淹没你，这样被血泡过的地方便不会被剑刺伤。"

陌生人消失了，西格德思考着，站在那里一动不动。

"那肯定是奥丁，"他大喊，想起了在必兹尔河帮助过他的老人，"我就照他说的去做，因为就是他帮我选中了格拉尼。"

西格德花了好几个小时挖坑，等他挖完天都要亮了。他知道法夫纳很快就会从他的洞穴中出来到溪边喝水，于是跳进最深的一个坑里，耐心地等待着。

巨龙缓慢地爬过荒地，喷着火焰和毒液，发出恐怖的咆哮和嘶嘶声。

等他一爬过最深的坑，西格德的宝剑就刺中了怪兽的左翼。西格德迅速拔出剑，法夫纳的血液喷涌而出，就像陌生人预言的那样，大量的鲜血流进了所有的坑。

法夫纳受了致命伤，痛苦地滚到一边。西格德从深坑中跳了出来，保持安全距离看着他。

"是谁谋害我？"垂死的巨龙呻吟。

"西格德，沃尔松一族西格蒙德之子。"西格德骄傲地回答。

接着法夫纳用虚弱的声音咆哮："你是来偷我的金子的，不过记住我的警告！把宝藏留在那里后快走，否则诅咒会降临在你身上。"

不过，西格德回答，他是为金子而来，决不会空手而归。就这样，法夫纳死了，用最后一口气警告他不要偷莱茵的金子。

随后，雷金从藏身的石头处跑了出来，喊着："西格德万岁！从此以后，你将被人们誉为法夫纳的克星，屠龙者！"

他们并肩站着，看着荒地上已经没了生气的庞大生物。

"告诉我，"西格德说，"我在法夫纳的鲜血中浸浴过之后，便没有剑可以刺伤我，这是真的吗？"

"是真的，"雷金阴郁地回答。但是西格德直到后来才发现，龙血并没有浸遍他的全身。在他两肩之间，有一小块地方被一片干枯的树叶盖住了。

雷金皱着眉，因为他本打算杀掉西格德的，但是现在不知道怎么下手了。

"我得想一想，"他自言自语，然后大声对西格德说，"既然你已经杀了我的哥哥，再帮我做一件事，把他的心挖出来为我烤了吃。我必须得睡一会儿了，因为我已经盯了一整夜，现在非常疲惫了。"

西格德捡了一些树枝，生了一堆火。然后他挖出法夫纳的心

脏，放在火上烤。正当他等着的时候，油溅了出来，烫伤了他的手指。西格德正把手指放进口中减轻疼痛，忽然发生了一件怪事：一些声音传入耳中，但荒原上除了正在睡觉的雷金，没有其他人。

"愚蠢的西格德，"一个细微的声音问，"你为什么要为雷金烤法夫纳的心脏？你应该自己吃掉它，这样你会变成最睿智的人。"

接着第二个声音警告般地大喊："留心狡猾的雷金，他打算杀了你。"

西格德明白了。通过某些奇怪的魔法，他听懂了鸟儿们的歌声。正当他呆若木鸡时，一只小啄木鸟落在他的肩膀上，对他耳语："杀掉雷金，拿走宝藏，然后前往伯伦希尔长眠的火焰山海德法尔。"

这时雷金醒了过来，朝西格德走来。

"杀了他，杀了他。"鸟儿们叽叽喳喳。于是，西格德举起宝剑格拉墨，把雷金的头砍了下来。

然后，他吃了法夫纳的心脏。鸟儿们向他吟唱着美人伯伦希尔的故事，世界上只有英勇无畏的英雄才可以唤醒她。

西格德骑马穿过荒原，一路找到了藏着莱茵黄金的法夫纳的巢穴。他把安德瓦利的指环戴在手上，收起闪耀的宝藏，又跳上格拉尼

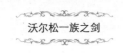

的马背。

"我的格拉尼，现在带我去找伯伦希尔吧。"他在那灰色良驹的耳边轻声说。格拉尼风驰电掣般飞驰而去。

第四章　伯伦希尔

一路奔波，西格德来到一个叫作弗兰肯兰的国度，那里有一座荒凉的大山，山顶有火焰喷薄而出。

"终于到了海德法尔，"他大喊，"哦，格拉尼，穿过火焰！"

灰色骏马跃起，带着西格德穿过了火焰，到了山顶中间被恐怖的火焰包围的一处空地。

西格德被烟熏得几乎睁不开眼，下了马。当他再次能够看见的时候，他发现一块岩石长榻上躺着一位沉睡的美人。她穿着一身闪亮的盔甲，却没有戴头盔，一头茂密的金发披散在肩上。

西格德被她的美丽惊呆了，他弯着身子盯着她，大气都不敢出。

她缓缓地睁开了她蓝色的眼睛，温柔地问："是谁闯过了火焰前来唤醒我？"

西格德回答："是我，沃尔松族人西格德。你为什么会躺在这恐

怖的火焰圈中？"

"先用你的宝剑帮我卸下盔甲。"她说。西格德用格拉墨的剑刃触碰到她的盔甲时，盔甲从她的身上脱落，剩下一袭白色的长袍。

"我是伯伦希尔，奥丁的女儿，"她坐了起来，说，"我曾是一位女武神瓦尔基里，负责引领死去英雄的灵魂前往奥丁的宫殿——英灵殿。现在，我是一个凡人，必须和凡人一样经历生老病死。"

西格德坐在她的身边，看着她美丽的脸蛋，听着她忧伤甜美的声音。她告诉西格德，奥丁为了惩罚她违抗命令，让她待在火焰圈之中。

"我的父亲下旨，我会在火焰之中沉睡，直到有人骑马穿过火焰，前来娶我为妻，"她接着说，"不过我发誓，我决不会嫁给任何人，除非他英勇无畏。"

西格德开心地大喊："我不畏惧任何事情，伯伦希尔，因为我刚刚屠杀了恶龙法夫纳。"

他们目光坚定地看着彼此，然后伯伦希尔伸出手，西格德庄重地把安德瓦利指环戴在她手上，大声说："我非你不娶，伯伦希尔。"她回答："我选择你，无畏的西格德，作为我的丈夫。"

接着他们在岩石长榻上坐了很久，谈论着刚刚在心中扎根的爱

情。虽然时间短暂，却如此之深厚，西格德还对他的未婚妻讲述了他经历过的种种冒险。

"唉，我现在不能和你待在一起！"他悲伤地说，"因为我吃了法夫纳的心脏，所以知道了许多事情。我必须在我们结婚之前前往莱茵，这是众神的意愿。"

"去吧，亲爱的西格德，"伯伦希尔勇敢地回答，"不过要尽快回来找我，我会在这火焰中等你。"

他们悲伤地拥抱在一起，然后伯伦希尔躺回她的岩石长榻，而西格德骑上格拉尼一跃跳出恐怖的火焰圈。

到莱茵是一段漫长的旅程，一路上西格德做了许多英雄之举。终于，等他抵达目的地，尼伯龙根（雾之国）的国王甘纳尔已经听说了西格德的许多英雄事迹，热情地接待了他。

国王的母亲，王太后格莉希尔德是一个邪恶的巫婆。她通过魔法得知西格德已经和伯伦希尔定下了婚约，她决定把这对爱人拆开。

"西格德会娶我的女儿古德伦，"她暗暗对自己说，"然后，他携带的宝藏将会永远留在莱茵。至于伯伦希尔，她会嫁给我的儿子，国王甘纳尔，而且西格德会帮助他赢得她的芳心。"

格莉希尔德思索着自己的阴谋诡计，不怀好意地暗笑，赶忙开

始准备一剂魔药。尼伯龙根举办了一场盛宴欢迎西格德的到来，英雄就被安置在格莉希尔德的女儿古德伦身边。他非常欣赏她的美丽和温柔的举止，不过他的心仍然和远方海德法尔的伯伦希尔系在一起。

当宴会到达高潮，女王格莉希尔德递给西格德一只金高脚杯，他丝毫没有起疑心，举起来一饮而尽。

可怜的伯伦希尔！西格德已经喝下了邪恶的魔药，过去的记忆被抹得一干二净。宴会还没结束，温柔的古德伦的魅力已经给他留下了深刻的印象。

西格德留在了莱茵，很快女王格莉希尔德的愿望也得逞了。他娶了古德伦，和她幸福地生活在一起，宝藏现在也在尼伯龙根一族手中。

与此同时，可怜的伯伦希尔一直等着她的爱人，开始对他能否归来感到绝望，在遥远的海德法尔悲伤地哭泣。

古德伦嫁人之后，女王格莉希尔德决定开始筹划甘纳尔的婚礼，她告诉他有一位美丽的瓦尔基里躺在火焰围成的圈中。

甘纳尔十分急切地想要赢得伯伦希尔的芳心，女王格莉希尔德恳求西格德陪她的儿子一同前往。伯伦希尔和海德法尔的名字没有唤起西格德心中任何回忆，就好像第一次听到这两个名字。

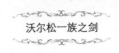

"我一定会和甘纳尔一起。"他说。在他们离开莱茵之前，格莉希尔德教他们如何变化模样。她知道甘纳尔不可能穿过火焰，于是让西格德变成甘纳尔的样子，帮他迎来伯伦希尔。一切都和格莉希尔德预见的一样。甘纳尔的马拒绝带他跨过火焰，即便西格德把格拉尼借给他。那灰色骏马不愿让任何主人之外的人骑在背上。

于是西格德说："我们必须按照你母亲教我们的那样变换模样。"他变成了甘纳尔的样子钻进火焰之中，就像他很久之前做过的一样。真正的甘纳尔已经回到家里，等着他们回来。

伯伦希尔听到格拉尼的嘶声，她的心欢欣鼓舞，一定是西格德回来找她了！不过当她问"是谁？"时，一个声音回答："甘纳尔，尼伯龙根的国王。我前来娶你为妻，因为我便是那无所畏惧的人。"

按照她的誓言，伯伦希尔不得不把自己交给这位新的求婚者，然而她的心仍然属于西格德。她悲伤地把安德瓦利指环戴在假的甘纳尔手上，让他带自己回到莱茵。在那里，她嫁给了真正的甘纳尔，全然不知自己被骗了。当她看到西格德幸福地娶了古德伦为妻，她的心都要碎了。

古德伦很喜欢她哥哥的妻子，对她像对自己的亲姐姐一样。但可怜的伯伦希尔整日在她的宫殿游荡，沉浸在悲痛之中，不肯接受

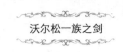

安慰。

一天，她看到了西格德手上的安德瓦利指环。

"为什么你的丈夫戴着我给甘纳尔的指环？那是他穿过火焰时我为他戴上的。"她问古德伦。

古德伦非常坦诚，她愉快地回答："穿过火焰的不是甘纳尔，他做不到这一点。我的西格德变成了甘纳尔的样子，帮他迎娶了你。"

此前伯伦希尔有多悲伤，现在就有多愤怒。她发誓要向那些残忍地欺骗过她的人复仇。与此同时，安德瓦利的诅咒也即将降临在西格德身上。

甘纳尔国王有一个叫作古托姆的弟弟，他一直渴望得到西格德的宝剑，于是和一个邪恶的匈牙利人赫根一起谋划把西格德杀死。

不过，因为龙血让英雄无坚不摧，他们不知道如何实现这邪恶的计划。一天，他们在古德伦的玫瑰花园中谈话，伯伦希尔碰巧听到了几句。

"西格德从头到脚都被龙血浸泡过。"赫根低声说。这时，伯伦希尔愤怒地大喊："不是的！"接着，她把那片干枯叶子的事告诉了两个密谋者，那是很久以前西格德在海德法尔对她讲的。说完后，她对自己鲁莽的行为很后悔，担心古托姆和赫根真的伤害西格德，于是第

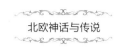
二天早晨早早起来，在古德伦的玫瑰花园找到西格德。她本想警告他小心古托姆和赫根，却在见到他之后完全忘记了，因为西格德同她说话时的声音完全变了。"伯伦希尔，"他说，"之前我好像一直被施了魔法。我们曾在海德法尔许下承诺，不过某种魔法一直想要拆散我们。"伯伦希尔听了，喜极而泣。但西格德继续悲伤地说："但已经发生的事无法挽回。我在什么都不知道的情况下娶了古德伦，但我必须要忠诚于这段婚姻。请原谅我吧，亲爱的姐姐。"

他轻轻地吻了她的前额，留下她一人在玫瑰花园中哭泣。接着，她又开始寻找古托姆和赫根。

到了中午，一片乌云遮住了太阳，鸟儿们停止了歌唱，因为猎人们悲伤地带着一具尸体归来了。西格德，最后一位沃尔松族死去了，奸诈的赫根刺中了他双肩之间的死穴。

古德伦看到死去的英雄，悲痛得昏了过去；伯伦希尔倒在地上，再也没有站起来，她的心碎了。人们让伯伦希尔躺在西格德身边，把西格德挚爱的宝剑格拉墨放在他的手里，注视着那一对死去的爱人轻轻地说：

"他们活着时经受磨难，又能怎么样？他们的灵魂现在和父亲奥丁在一起。"

皮裤子瑞格纳

索 拉

曾经，哥特兰岛有一位正直高贵的伯爵，叫作赫拉德。他的女儿索拉温婉宜人，美丽大方，举国上下皆知。许多追求者蜂拥至她父亲的城堡，想要娶她为妻。不过赫拉德并不希望他的女儿嫁人，除非是一位可以匹配她高贵出身的英雄。

每年春天，伯爵都会外出进行维京大远征，但他很害怕留下索拉。要是有些鲁莽的追求者趁他不在洗劫了城堡，把女儿带走可就不妙了。

一天，赫拉德正要离开哥特兰岛进行一次远征，他把女儿叫到

身边，同她告别。

"拿着，我的索拉，"他大声说，把一个金盒子递给她，"我不在的时候，盒子里的就是你的守护者。"

索拉打开盒子的盖子，发出了一声惊呼，因为里面是一条小小的龙。

"要是人们知道你由一条龙守卫着，便没人敢闯入城堡了。"伯

爵得意地说。

"但是，父亲，这个小小的动物能吓到谁呢？"索拉语气怀疑地问。

"这是一条有魔力的龙，它会很快长大。"伯爵说，然后便满意地扬帆起航了。

就像赫拉德所说，龙长得很快，很快盒子便容纳不下了。索拉并不害怕这怪兽，便让它在城堡里自由活动。

不幸的是，随着时间的推移，龙不光体型越来越大，脾气也变得极其凶恶。直到有一天，它盘踞围绕住城堡，不让任何人进出。

当国王结束航行回到城堡的时候，发现这恶毒的怪兽挡住了他去见女儿的路。你可以想象赫拉德伯爵的心情有多郁闷了。

理所当然，现在只有一件事摆在眼前——屠龙，但哥特兰岛的人都不够强壮，不能完成这一壮举。

赫拉德伯爵悲伤地意识到自己已经太老了，没有力气和怪兽搏斗。在绝望中，他派遣使者在北国发布消息，如果有人可以杀死这条巨龙，便可以迎娶美丽的索拉。

消息传到了瑞格纳耳中，他是一位年轻勇敢的瑞典王子，也乐于冒险。

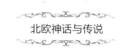
他问了使者很多关于怪兽的问题，并且决心誓死营救索拉公主。

他听说巨龙就像沃尔松屠杀的恐怖恶龙法夫纳一样十分凶恶，且牙上带有毒液。瑞格纳清楚他需要特别的甲胄，来保护自己抵御恶龙的毒牙。

于是，他把五件羊毛披风、五条裤子扔进开水里煮沸，直到它们变得更加结实，和最坚固的皮革一样。然后他把这些奇怪的服装全部穿上，骑上马出发了。他经过的地方，人们会在他身后大喊：

"众神会保佑你的，瑞格纳·拉得部勒格。"从那时起他便总是被叫作拉得部勒格，因为拉得部勒格意味着"皮裤子"。

他抵达赫拉德伯爵的城堡时，看到巨龙盘亘在偌大的建筑外，正如使者所说。

瑞格纳英勇地大步向前，但很快他发现，任务比想象的更加艰巨。那可怖的怪兽用尽全力和瑞格纳战斗，用它的毒牙咬了瑞格纳许多次，但厚实的衣服保护了英雄。最后，瑞格纳猛冲上去，把剑深深地插进了巨龙的后背。当他试图把剑拔出来时，手中的剑柄折断了——不过，已经不需要再次攻击了，这一击已经要了巨龙的命。

赫拉德伯爵看着死去的巨龙躺在面前，几乎不敢相信自己的眼

睛。他带着瑞格纳进入城堡，开心地喊道："索拉，快来见见你的英雄，他前来娶你为妻。"

索拉怯生生地上前。不过，她看见瑞格纳的第一眼便爱上了他，而英雄也感到自己的行为得到了适当的嘉奖。

沉浸在欢快热烈的气氛中，他们举行了婚礼。之后瑞格纳带着他美丽的新娘返回了瑞典。

他们幸福地生活在一起，但不幸的是，他们的欢乐并没有持续很久。没过几年，索拉就死去了，留下失去爱妻的瑞格纳悲痛欲绝。他无法忍受继续待在城堡里，因为那里的一切都让他痛苦地想起索拉。于是，他去了很远的国度旅行，开始维京远征，希望能让自己从悲伤中解脱。

他这样生活了许多年，朋友们都劝他再娶一位新娘，但瑞格纳悲伤地回答：

"这世界上再没有人像我的索拉那样温柔美丽。"

亚丝拉琪

当瑞格纳怀念亡妻的美丽与温柔时，他并不知道挪威有一位叫亚丝拉琪的女孩，和索拉一样可爱而高贵。

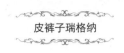

亚丝拉琪非常不幸，从小就过着不同寻常的生活。她是高贵的沃尔松一族的后代。在她很小的时候，她的父母就过世了，她被交给叔叔黑玛尔照顾。在那个国度，有人想要杀死这无辜的孩子，黑玛尔听说了这一阴谋之后，决定救她。他做了一把巨大的金竖琴，把孩子和一切属于她的财宝藏了进去，接着伪装成竖琴乐手逃走了，希望可以为小姑娘找到一个安全的地方。

到了安静的、没有危险的地方，黑玛尔就会让亚丝拉琪从她那奇怪的"住处"出来。不过要是有人接近，他便迅速把孩子藏回竖琴里，然后拨动琴弦，用音乐把她受到惊吓的尖叫声压过去。

在一个可怕的冷夜，黑玛尔走到了挪威一个偏僻的地方，那里叫作斯帕格海德。他感到非常累，不能继续走了，于是敲响了一个小屋的门，寻求住处过夜。

一个叫作阿奇的老人和他的妻子格里玛住在那里，他们让黑玛尔进来了。他们十分贫穷，又贪婪无比，希望能用他们的餐宿换来一笔报酬。

黑玛尔带着他的宝贝竖琴坐在火边。格里玛注意到，一块看起来很昂贵的衣角从竖琴中露了出来，她马上把阿奇叫到一边。

"那竖琴乐手在里面藏了宝贝，"她低声说，"老头子，你今晚必

须杀掉他。"

阿奇想拒绝，但格里玛声称如果他害怕，她就亲手杀死竖琴乐手。

可怜的黑玛尔并不知道他们的邪恶阴谋，在竖琴边躺下休息了。到了午夜，邪恶的夫妇把他杀死在睡梦之中。他们把尸体拖出小屋，扔进海里，然后赶忙回去查看这笔不义之财。

让他们感到害怕又震惊的是，当他们抓住竖琴时，那乐器忽然打开，露出里面的宝物——美丽的小亚丝拉琪。

"杀了她，杀了她，"老太婆尖叫，她看着亚丝拉琪的蓝眼睛向后退，"她会给我们带来厄运。"

但阿奇已经害怕极了，不敢再犯下另一桩罪行。

"留下她吧，"他阴沉地说，"她太小了，还不明白我们做了什么。况且，她可能对我们有用呢。"

他们把孩子从竖琴中抱出来，问了她许多问题，但亚丝拉琪盯着他们一个字也没有说。

"我们根本不必怕她，"格里玛终于说道，"她是个哑巴。"

亚丝拉琪不是哑巴，她只是遵从叔叔的指示。黑玛尔担心她把自己的出身告诉别人，便恳求她绝不能开口讲话，除了单独和他在一

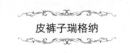
起的时候。

格里玛让孩子穿上粗糙的衣服，用墨水把她金色的头发和白皙的皮肤染黑。最后，亚丝拉琪真的看起来像一个农民的女儿一样。

没人知道她的真实姓名，他们叫她克莱卡。等她稍稍长大一些，他们便让她去照顾牲畜。

即便吃着粗茶淡饭，干繁重的活儿，亚丝拉琪仍然长得高挑强壮。虽然格里玛把她装扮得蓬头垢面，她的皮肤仍然柔软雪白。

当她独处时，亚丝拉琪会对鸟儿和牲畜们唱歌。但斯帕格海德的人们仍然以为她是个哑巴，因为他们从来没有听到过她的声音。

瑞格纳和亚丝拉琪

整整一个夏天，瑞格纳都在挪威海岸航行，有时候他的水手会上岸，到斯帕格海德烘烤面包。

水手把面团放在海边的石头上烤。然后他们闲逛着，一直走到了一个池塘边，看到亚丝拉琪坐在那里梳着她的金发。她刚才在洗澡，所以白皙的皮肤摆脱了伪装的脏污。水手们想着，他们从未见过如此美丽的女孩。

他们礼貌地对她打招呼，亚丝拉琪感到他们很友好，便回应

了。这是自打叔叔黑玛尔死后，她第一次和人说话。

水手们告诉她，他们是英勇的皮裤子瑞格纳的船员。当亚丝拉琪听着他们的冒险故事和对主人的称赞时，她的眼中闪着快乐的光芒。

她对他们讲了自己作为农民女儿的枯燥生活，却对她的高贵出身只字不提。她的声音如此温柔，和水手们对话也应答如流，充满魅力，他们对此惊叹不已。水手们留下和她聊了很久，等终于想起来面包还在烤着，匆忙赶回去时才发现面包已经烤得又黑又硬了。

水手们十分羞愧，偷偷摸摸地回到船上，等被问到面包的时候，他们嘟囔着：

"唉！我们忘了看着面包了，"其中一位找借口，"我们遇到了一个农民女孩，她漂亮又聪明，我们被她的魅力迷住，什么都想不起来了。"

瑞格纳听了水手们烤煳面包的理由，对他们所说的农民女孩非常感兴趣，想要见见她。"她或许很有魅力，"他补充道，"但我不相信她像你们所说的那般聪慧。"

"那么，问问她，"瑞格纳说，"她能不能来船上找我，不要一个人也不要人陪同，不要穿衣服也不要一丝不挂，不要饿着肚子但也不

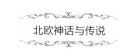

要吃过任何东西。要是她能满足这些条件，我就认为她是一个睿智的女孩。"

水手们回去找到亚丝拉琪，他们把瑞格纳的要求告诉她之后，她开心地大笑。

"我可以去见他，一点儿也不困难，"她说，"不过你们的王子必须对奥丁发誓，他决不会违背我的意愿，强行把我留在船上。"

瑞格纳听到亚丝拉琪说的话后，立刻庄严地发了誓，焦急又好奇地等着她的到来。

第二天太阳升起的时候，他看到一个陌生的人影走来，身边跟着一只小狗。那是亚丝拉琪，她的金发盖着渔网，像斗篷一样披在她的身上；她拿着一颗洋葱放在嘴边，准备用牙咬住。

"王子，"她走近船边的时候喊道，"我完成你的条件了吗？你看，我没有穿衣服，但我的头发和渔网包裹着我；我身边没有人陪同，但我不是一个人，因为我带着我的小狗；我没有吃任何东西，但我也没有饿肚子，因为我已经尝过了这洋葱。"

瑞格纳衷心地为她的聪明机智开怀大笑，并让她上了船。她留在船上和他聊了很长时间。当瑞格纳看着她美丽的脸，听着她甜美的声音，他想："自从索拉死后，这个女孩是我见过的最美丽的人。虽

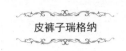

然她只是一个农民女孩，但她的举止礼仪和公主一样高贵。"然后，他从自己的宝箱中拿出一件无比华美的袍子，说："你看这条长袍，它曾经属于美丽的索拉，我年轻时的最爱。克莱卡，穿上它，成为我的妻子。"

但亚丝拉琪摇头。

"我只是一个农民女孩，"她回答，"我怎么可以嫁给一位高贵的王子？让我回去照看牛吧。"

瑞格纳恳求她留下来，但是即便亚丝拉琪很开心，她还是认为必须先证明他的爱。

"让我走，"她喊，"你已经对奥丁发过誓，不能违背我的意愿让我留下。如果十个月后，你还想要同我结婚，那么回到斯帕格海德，我便答应做你的妻子。"

瑞格纳只能同意，起航离开了。亚丝拉琪满心欢喜地回去照看她的牛。

时间飞逝而过，等到第十个月，瑞格纳的船出现在岸边。亚丝拉琪奖赏了他的忠诚，她成了他的妻子，两人离开去了瑞典。

瑞格纳只知道他的新娘克莱卡是个农民女孩，他和她在一起非常开心。直到奥斯特国王试图拆散这一对爱人。

奥斯特有一个女儿，他想要瑞格纳娶她。狡猾的国王想，如果能使瑞格纳对自己的妻子不满，那么瑞格纳便会抛弃她，转而去娶公主。这么想着，奥斯特前去拜访瑞格纳，他奚落、嘲讽了他妻子的卑微出身，让瑞格纳非常沮丧。

亚丝拉琪知道有事困扰着她的丈夫，但很长时间他都不愿把事情告诉她。一天，他再也无法忍受奥斯特的讥笑，便向她坦白了这位客人一直在嘲笑他的婚姻。

"那么告诉他，"亚丝拉琪骄傲地说，"你的妻子不是农民的女儿，她的身上流淌着沃尔松一族的高贵血液。"

她把自己出身的秘密告诉了瑞格纳。瑞格纳震惊地问："你为什么从来没对我说过这些？"

"因为我以农民女儿克莱卡的身份赢得了你的爱，我对此感到十分骄傲，"亚丝拉琪回答，"但现在是时候把我的真实身份告诉你了。"

当奥斯特国王听到亚丝拉琪是沃尔松族人，远比他自己的身份更加高贵，便窘迫地跑了。而瑞格纳，比以往更加深爱他美丽的妻子了。

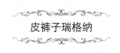

瑞格纳之死与伊瓦的复仇

瑞格纳和亚丝拉琪生了四个儿子，他们全都长得高大威武，除了长子伊瓦。伊瓦是瘸腿，完全不能走路，因此只能坐在一堆矛枪上被运到战场。他虽然在身体上缺乏力量，但有伟大的智慧来弥补。

瑞格纳和亚丝拉琪的生活过得十分幸福。瑞格纳不再进行维京远征，但亚丝拉琪担心，虽然他在变老，但总会慢慢厌倦这平淡的生活，希望再一次踏上冒险的征程。于是，她做了一件有魔力的衣服，可以保护她的丈夫不会受到任何伤害。她小心地把衣服保存起来，等着它可以派上用场的那天。

现在，亚丝拉琪不得不把这件衣服从她的宝箱中拿出来，因为瑞格纳必须对英格兰的诺森伯利亚国王发动战争。

很多年前，瑞格纳曾征服了诺森伯利亚王国，那时在任的君主许诺每年都会给瑞格纳进贡。国王在世时，每年的征税都按时上缴，没有任何纠纷。但现在老国王去世了，他的儿子埃拉继承了王位，拒绝进贡。

"让皮裤子瑞格纳拿着剑自己来收吧。"他愤怒地对瑞格纳的使者大喊。

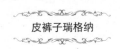
　　一支强大的舰队蓄势待发。亚丝拉琪和瑞格纳告别，她把魔法衣服交给他，恳求他一直穿在身上。瑞格纳起航前往诺森伯利亚，但在大洋中央遇到一阵风暴，摧毁了所有的船，他带着几个手下漂流到了敌人的海岸。埃拉国王和他的部队很快杀死了进攻者，但瑞格纳在他们的武器下毫发无损，因为他穿着亚丝拉琪给他的衣服。

　　这个人竟然无论如何都杀不死！埃拉不耐烦了，下令把他扔进一个满是毒蛇的深坑。毒蛇在瑞格纳的魔力甲胄前纷纷退缩。上面的人看到了这个奇怪的现象，把瑞格纳从坑里拉出来，脱掉了他的衣服，然后又把他扔了回去。毒蛇终于成功发动了攻击，瑞格纳被咬死了。但在他垂死之际，他吟唱了一首葬歌，让他的英雄事迹在蹉跎岁月间流传下去。他讲述了他的战斗，如何在年轻时屠杀凶恶的巨龙，还召唤他的儿子们为他的英年早逝复仇。国王埃拉听到这颂歌时非常害怕，因为他听说了许多瑞格纳儿子们的英勇事迹，他担心他们前来复仇，便开始准备抵御入侵。

　　与此同时，皮裤子瑞格纳死去的消息传到了瑞典，亚丝拉琪叫来她的四个儿子为国王埃拉的罪行复仇。其中三个儿子已经准备好进攻诺森伯利亚，但长子伊瓦警告他们再等待一阵。

　　"攻打埃拉，我们的力量还不够，"他说，"除非我们使用策略，

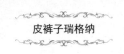

否则会被打败的。"

但他的弟弟们并不愿听从他的忠告，还是出发了。伊瓦没有参与，他知道这次远征必定失败。

他是对的，埃拉的军队势不可当，三兄弟被彻底击败了。

三兄弟愁闷地回到了瑞典。与此同时，伊瓦带着几个人登陆了诺森伯利亚，勇敢地要求埃拉国王为杀死瑞格纳提供赔偿。

"我不要金子或是财宝，"伊瓦说，"只要给我这里的一小块土地。我对奥丁发誓，我决不会做任何对你不利的事，只要给我一块可以用一头公牛毛皮围住的土地。"

"好，"埃拉漫不经心地说，接着他自言自语，"这个儿子是个傻子——我完全不必害怕他。"但等伊瓦得到土地那天，埃拉气坏了。你猜伊瓦做了什么？

他把牛皮剪成细细的长条，这些碎片连起来组成了一条很长的线。

但国王只能遵守他的诺言，让伊瓦的牛皮围起来很大一块土地。

伊瓦悄悄地给他的弟弟们送去消息，让他们准备好强大的军队，随时等待他的调遣。然后，他开始在他的土地上建设，很多对埃

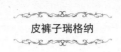

拉的统治不满的人都加入了他。慢慢地，伊瓦收获了一大批追随者，而埃拉只剩下很少的支持者。这时，伊瓦给兄弟们送去消息，让他们带着强大的军队赶来，杀死了埃拉，占领了他的王国。就这样，兄弟们终于为皮裤子瑞格纳的死报了仇。

工匠威兰

在阿斯加德数不清的宫殿之中，有一座宫殿装饰着珍贵的金属，镶嵌着闪耀的宝石，有着其他宫殿都比不上的华丽辉煌。这就是英灵殿，奥丁在这里迎接、款待在战斗中殒身的武士。众神之父是如此爱战士们，他专门指定了被称为瓦尔基里的女武神们在大地的军队之上守候。如果有两支军队作战，她们便准备引领战死的灵魂，带他们前往为其准备好宴席的英灵殿。

有三位叫作赫拉格兰、欧兰和亚尔薇特的瓦尔基里十分渴望从职责之中得到暂时的休息。于是她们一起去找奥丁，跪在他的脚下，谦卑地请求他同意她们离开阿斯加德，前往地面旅行，在人间逗留一阵子。

"你们可以去,"奥丁回答,"不过当我召唤你们之时,必须立刻返回。"

女孩们迅速穿上她们的羽毛斗篷,匆匆离开了神圣之城。她们离地面越来越近,把阿斯加德远远留在天上。终于,她们停在了一个叫作沃尔夫的湖边。

"这水多蓝啊!"她们说,"这里的沙子多么金灿灿!看那可爱的

花花草草。"

恰巧，国王的几个儿子在对岸建造了一间小屋，以供他们钓鱼、游泳、打猎和滑雪的时候暂居。他们都非常健壮。那天早上，他们正准备离开小屋的时候，听到了湖的另一边传来陌生的声音和笑声。他们透过树间的缝隙望过去，看到了三位女神坐在金灿灿的沙滩上，她们光着脚，散着头发，好像刚刚出浴一样。她们身边放着三条天鹅羽毛的裙子——她们总是穿着那裙子去战场挑选并引领英雄。看到这里，兄弟们便知道那些女孩是奥丁的女武神。

"嗨，好心的猎人们！"当男孩们走近时，赫拉格兰喊道，"我们从阿斯加德来这里暂居，你们会欢迎我们吗？"

"当然了，我们衷心欢迎。"兄弟们回答。他们用动物的毛皮为女孩们制作了柔软的长榻，送给她们食物和戒指作为礼物。几天之后，埃吉尔王子和金发的欧兰结了婚，斯拉格菲迪尔王子娶了黑发的赫拉格兰，而威兰王子和有着柔软棕发的亚尔薇特在一起。

他们幸福快乐地在一起生活了七年。女武神们同她们的丈夫一同外出打猎，一同在家宴饮。有时，当其他人出去打猎的时候，威兰会留在家，因为他的腿瘸。不过虽然他的腿脚比其他兄弟慢一些，他的手却更加灵巧。多年里，为了打发一个人的孤独时光，他早就学会

了铸造罕见的装饰和武器。它们坚固又美丽，早就在北欧各国声名远扬。各种各样的人都贪婪地寻求威兰的作品，但它们如此难求，因为威兰只为朋友的爱打造，并不收取报酬。亚尔薇特也非常崇拜他铸造的技艺，不和她的姐妹们外出打猎，而是常常陪在他身边，看他制作或帮忙。

到了第七年末尾，厄运的影子逐渐降临在三位瓦尔基里美丽的脸上。她们变得无精打采、虚弱苍白，对什么都提不起精神，只是坐在沙滩上和对方耳语。一天，她们从宝箱中把天鹅裙拿出来，带到湖边，在金色的沙滩上展开晒太阳。埃吉尔和斯拉格菲迪尔笑了，开玩笑地说："我们的妻子们会不会离开我们，飞去阿斯加德？"但威兰和亚尔薇特告别，伤心地问她在阳光下整理天鹅羽毛裙意味着什么，会不会抛弃他。

"当奥丁发出召唤时，"她叹了口气回答说，"瓦尔基里必须听从。但我永远不会忘记你，也许有一天我会回到你身边，如果众神之父答应的话。"

这之后不久，一个冬天的早晨，三兄弟一起去了树林，留下三个女孩在家中。当他们回来的时候发现小屋空无一人，天鹅裙也不见了。他们大喊着，直到山谷中满是回声，但没人应答。

"奥丁把我们的妻子们带回英灵殿去服侍他了，"威兰说，"我们必须遵守众神的规则。"

"不，"斯拉格菲迪尔说，"我要去找赫拉格兰，就算这意味着要把她从奥丁脚下抢走。"

"我也是，"埃吉尔说，"我要去找欧兰。"

威兰告诉他们，他会留在这里，在小屋里等待着他们归来。

"安心地去吧，"他对他们说，"带上这些宝贵的饰品和武器，然后带着我们的三位公主凯旋。愿众神保佑你们！"

于是埃吉尔向东、斯拉格菲迪尔向北出发了。威兰转身回到他自己的工坊，开始用纯金为亚尔薇特铸造指环，等她回到他的身边。一天又一天过去，他敞着大门坐在家中，叮叮当当忙个不停，直到他铸造了七百个指环，每一个都独一无二，有着无与伦比的精美。就这样，他的手艺声名远扬，终于传到了邪恶的瑞典国王耳中，他叫作尼图杜尔。国王的内心被贪婪吞噬，派人给威兰带去消息："我非常想从你那里得到指环、一条项链和一个杯子。把这些交给我的信使，我会用王国的财富许你丰厚的报酬。"威兰不愿用他的作品交易，使者只能空手而归。但王后比她的丈夫更加贪婪，她催促尼图杜尔再一次派人交涉。于是，瑞典使者再次前往沃尔夫湖边的小屋，带去国王的

口信。

"我会用王国最上乘的皮草来换我想要的东西。我的妻子，王后十分渴望得到你的珠宝和杯子。"威兰再一次拒绝，说："不，让我一个人待着，我只会为爱工作。"

国王尼图杜尔第二次被拒绝，简直怒不可遏，下令让士兵带着武器赶往工匠的小屋，把威兰抓起来，戴上镣铐带到瑞典王宫。偷偷摸摸地，狡猾的士兵们用卑鄙的手段把威兰带到尼图杜尔面前，把他扔在王位下。经过漫长的路程，威兰疲惫极了，而且心里有许多不解，根本不能在地面上坐直，只能躺在那里，好像生病了一样。尼图杜尔奚落他的危难处境，还说他是小偷："你用来制作宝贝饰品的金子，是哪里来的？你是从我的宝库中偷来的！坦白吧！"

"我不是小偷，"威兰骄傲地说，"我的金子是矮人们送给我的，他们是我的朋友。如果这就是你把我拖到这里指控的罪行，那么把我送回家吧，国王。"

"不可能，"尼图杜尔回答，"除非你完成我的要求。我现在得到了一个指环，是我的使者从你的小屋里拿到的。我还有从你身上抢来的宝剑，但我还想要一条项链和一个杯子。"

说着，他命令仆人从倒在地上的威兰身上拿下宝剑。威兰对这

无法无天的偷窃无能为力。

"你是我的敌人,"他嘀咕着,"威兰从不为心中的仇恨工作。"

听到这句话,尼图杜尔更加愤怒,但他也不敢杀掉工匠。威兰有许多强大的伙伴,不过远水救不了近火,他们无法马上赶过来帮他。

"我们可以放他走吗?"尼图杜尔说,"他拒绝为我们干活,而且我也不敢杀掉他。"

但是王后对她的丈夫冷嘲热讽。

"啊,"她大喊,"我现在明白了!你为自己得到了垂涎的宝剑,我们的女儿伯德薇尔德有了偷来的指环,你们两个都满意了,所以现在满心想的都是摆脱这个难缠的俘虏。那我呢?我没有宝剑也没有指环。给我留下什么了?不可能,威兰绝不能离开,除非他给我做出来我想要的项链。你用他的宝剑砍他的腿,让他瘸得更厉害,然后把他放到盐之岛,那样他便跑不了了,逼他要么工作,要么饿死。"

国王听从了这恶毒的建议,犯下了可耻的罪行。威兰的腿受了伤,几乎一步也走不了了。他被扔到那座孤岛,内心满是悲惨,只得遵照命令干活,铸造各种奇妙的物件。不过他一边做着东西,一边对它们施加咒语,让任何使用或者佩戴它们的人都会遇上灾难。每一

天、每一个小时，他都在想着复仇。

一天夜里，在黑暗之中他听到一个声音在呼唤他的名字，那是他的兄弟埃吉尔的声音。埃吉尔找了很久，终于找到了囚禁威兰的地方。兄弟俩再次团聚，喜悦极了，紧紧抱在一起。当埃吉尔听到尼图杜尔国王的邪恶罪行后，眉头紧锁。

"我们的妻子们有什么消息吗？"威兰问，"你找到了瓦尔基里的家了吗？找到奥丁的脚下了吗？"

"是的，"埃吉尔回答，"不过我带来的是坏消息。奥丁因他的三位瓦尔基里离开太久而感到很生气，让她们发誓，如果再次回到我们身边便要变成像我们一样的凡人，也有生老病死。所以她们再也无法回到我们身边了：她们迷恋天神一般的生活——腾云驾雾，引领英雄的灵魂前往英灵殿。"

"我们的兄弟斯拉格菲迪尔呢？"威兰接着问。

"他漫游到了米克拉加德，还说我们应该去那里同他会和，你的工匠技艺在那里一定会得到重视。"

"不，"威兰回答，"如果亚尔薇特再也不能回到我身边，那么我也不想活下去了。如果我可以从这诅咒之地逃出去，我会回到沃尔夫湖边的小屋，带着回忆度过余生。但首先我要向那些囚禁我、伤害我

的人复仇。"

于是，兄弟俩住在岛上，夜里商量复仇计划，白天威兰干活时，埃吉尔就藏起来，以免被经常来巡视的尼图杜尔发现。因为威兰的腿瘸，埃吉尔知道他们只能用策略逃走。思考了许久，他把岛上的天鹅召唤过来，问它们要羽毛。然后他开始制作一条袍子，就像瓦尔基里从阿斯加德带来的天鹅羽毛裙一样。

天鹅们非常愿意把身上掉下来的羽毛收集起来给他，在黄昏时它们围绕着他，唱着甜美的歌为他鼓气。终于，一条袍子做好了，埃吉尔感到复仇之日已到，是时候逃走了。

国王尼图杜尔美丽的女儿伯德薇尔德第一次看到威兰，是他疲惫地被带到她父亲的王宫时。她再也没能忘记他悲伤的脸，也不断为他悲惨的境遇感到怜悯。她常常对她的两兄弟提起这件事，但他们就同父母一样残酷。他们嘲笑她，说他们有一天会偷偷找到那座岛，杀死瘸腿的工匠，偷走他的金子，这样他们便能得到世界上的至高权力，不再受他们的父母——国王和王后的束缚。

伯德薇尔德听到兄弟们可耻的话，悲伤不已。一天，她摔碎了父亲给她的宝贵的亚尔薇特的指环，决定只身一人冒险前去岛上，求威兰修好。她不敢告诉兄弟们，她很了解他们的邪恶本性。因此，在

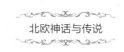
天刚破晓之时，她只带了几位侍女，偷偷从宫殿离开，划船前往盐之岛。当威兰看到她接近的时候暗自发笑，不过他礼貌地同她打招呼，问她前来所为何事。

"我是伯德薇尔德，唉！你的敌人之女。我来是想问你，出于你心底的善意，你是否愿意帮我修好这破碎的指环？"她拿出碎片，真挚地看着他。当威兰盯着指环，以及朝他伸出的纤纤玉手，他的思绪转向了亚尔薇特，他曾深爱的人，而她的离开让他的整个世界黑暗无光。他盯着女孩的脸，仿佛在凝视他枯萎的爱情。伯德薇尔德无法承受他深情的凝望，她颤抖着，目光低垂。这样，威兰知道了她爱他，于是他再一次暗笑。

"我会修好你的指环，"他说，"如果你愿意嫁给我。"

"我当然愿意，"女孩回答，"你已经得到了我的心。"

"你的父亲对这桩婚事会怎么想呢？"他问。

"也许他会杀了我的，"她回答，"他宁愿看到我死在他脚下，也不愿我嫁给你。但除了你的爱，我什么也不在乎。"

"很好，那么我们便宣誓订婚。"然后，他把他的兄弟和侍女们叫来，庄严地宣誓他和伯德薇尔德订下了婚约，并在她脖子上戴上一条金项链，手上戴上一条金手链，头上戴上一顶金王冠。"你不能戴

戒指，"他说，"因为我为亚尔薇特戴上了戒指，而她抛弃了我。"

之后，伯德薇尔德迅速逃回大陆上的宫殿，在黎明时分又回到她的丈夫身边，就这样过了许多天。威兰不再忧郁、面色苍白，他一边干活一边唱歌，就像曾经在沃尔夫湖岸边一样。尽管如此，在夜里他仍然计划着复仇。

终于，他对哥哥埃吉尔说："哥哥，天鹅羽毛裙已经做好，我向尼图杜尔复仇的日子就要到了。"

"你会伤害伯德薇尔德吗？"埃吉尔问。

"不会，"工匠回答，"因为尼图杜尔宁愿她死去，也不愿让她嫁给我。因此我不会伤害她，我们会结婚。而我不能留她的兄弟们，我会杀死他们。"

那天晚上，威兰正在忙着铸造的时候，伯德薇尔德的兄弟们大步上前，粗暴地索要指环和金子。两个巨大的箱子几乎装满了财宝，敞开着放在墙边，年轻人用贪婪的目光盯着它们。

"想要什么拿什么吧。"工匠说，好像那些对他毫无意义。他们两个很快朝最大的箱子跑去，推搡着对方，争抢最好的位置。威兰看到他们的头埋在大敞着的箱子中间时，走过去把重重的铁箱子盖按下。就这样，盖子砸在他们头上，把他们杀死了。威兰用两个邪恶的

青年的头骨为尼图杜尔铸造了两个酒杯，外面镀上银，然后用魔法把他们的眼睛和牙齿变成珍贵的宝石，为王后串成一条项链。

国王用酒杯饮酒，王后戴上她的珠宝，但悲伤逐渐吞没了他们的心，因为他们再也没听到儿子们的消息了。于是，他们彼此分开了，守望着、等待着。在深深的悲痛之中，他们又一次见面，责怪对方带来了降临在他们身上的诅咒。不过当他们一见面，窗外飘浮的一朵云中就传来了声音，喊着："尼图杜尔！尼图杜尔！"

国王赶忙跑到他的宫殿大门，抬头看到威兰飘在高高的半空中，穿着一身天鹅羽毛，怀里抱着他的公主伯德薇尔德。

"我的儿子在哪里？我的儿子在哪里？"心烦意乱的尼图杜尔国王大喊。

"在我的工坊的风箱下面，你会在灰烬之中找到他们，"威兰回答，"你宴饮的杯子就是我用他们的头骨做的，王后的项链是我用他们的眼睛和牙齿变出来的。"

尼图杜尔绞扭着双手，王后高声尖叫着。但除非用奥丁的力量，否则没人能够抓到这位飞在天上的复仇者。他带着伯德薇尔德高高地飞在云朵之间，直到看到沃尔夫湖在阳光的照耀下波光粼粼。他向下俯冲，在他的小屋旁降落。许多年前他在等待亚尔薇特的时候，

这里堆满了手工艺品。带着另一位公主——这一次是人类，他开始了新生活，幸福快乐地生活了很多年，甚至制作了许多比以前更加奇妙珍贵的宝物。就这样，他的名声传到了一个又一个国度，一直到了英格兰，有诗人为他神赐的技艺写了故事和诗，永远地传颂下去。

弗里斯亚夫

弗里斯亚夫与英格博格

在北方有一个叫作松根兰德的国度，那里曾经矗立着一座供奉天神巴尔德尔的白色庙宇。建立神庙的草地在海面上高耸，被称为巴尔德尔草地。草地东边是贝雷的王国，他是松根兰德的国王；西边是一片丰饶的土地，属于一位叫作索尔斯滕的英勇武士。国王贝雷和索尔斯滕一直相互尊敬，也喜爱彼此，非常希望他们的孩子也可以效法他们，在和平与友谊之中共处。

国王贝雷有两个儿子，赫尔厄和哈夫丹；还有一个非常美丽的女儿，叫作英格博格。

当英格博格还是个婴儿的时候，王后就去世了，小公主被送到了一个值得信任的农民人家寄养。黑尔丁和他的妻子被选为继父继母，因为他们具有优良的美德。

奇怪的是，索尔斯滕的妻子几乎和王后在同一时间去世了，留下她的丈夫和一个坚强的小儿子，弗里斯亚夫。

索尔斯滕是维京人，一年之中大部分时间都在海上。他感到自己很难在家将儿子抚养长大，于是委托农民黑尔丁照顾弗里斯亚夫，相信男孩一定会得到很好的照顾。

就这样，英格博格和弗里斯亚夫生活在了同一个屋檐下，即便

她是国王的女儿，而他只是维京人的儿子。弗里斯亚夫要比松根兰德里所有青年都更加强壮、更加勇敢，被称为"勇敢的弗里斯亚夫"。英格博格是国度里最美丽、最聪慧的女孩，人们提到她时都亲切地叫她"美丽的英格博格"。

两个孩子对彼此的喜爱逐渐越来越深、越来越浓烈，等到英格博格要回到她父亲的城堡的时候，弗里斯亚夫想要公开宣布对她的爱。黑尔丁沮丧地注意到寄养的孩子们之间的感情，他试着阻止弗里斯亚夫的希望和思念。

"国王贝雷不会接受任何她女儿的追求者，除非他是皇家血脉。"老人说。但弗里斯亚夫回答，早晚他要证明自己配得上英格博格，就和任何国家的王子一样。

国王贝雷已经上了年纪，感到自己的生命即将结束，便将他的大臣们召唤到巴尔德尔神庙前。"我的两个儿子会接替我统治，"他宣布，向赫尔厄和哈夫丹严肃地补充，"你们要英明地统治国家，并且和弗里斯亚夫保持友谊，他是我非常尊敬的人。"

人们对赫尔厄和哈夫丹的拥护似乎并不全心全意。他们并不喜欢国王贝雷的儿子们，因为赫尔厄性情顽固又阴郁，而哈夫丹生性软弱又喜欢享乐。人们私下抱怨着，索尔斯滕的儿子弗里斯亚夫才是更

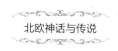

加贤能的统治者。的确如此，弗里斯亚夫站在那里，他的头和肩膀便高过大多数人，看上去要比赫尔厄和哈夫丹更像是一位国王。

不幸的是，国王贝雷的儿子们碰巧听到了臣民不满的抱怨。他们本来也没有真正喜欢过弗里斯亚夫，你可以肯定他们现在更不会喜欢他了。

那一晚，国王贝雷平静地驾崩了。他的老朋友索尔斯滕的身体也每况愈下，在贝雷之后弥留了几个小时也去世了。第二天，赫尔厄和哈夫丹被加冕成为松根兰德的国王，弗里斯亚夫回到海湾对面的家中。

虽然索尔斯滕没有王国让他的儿子继承，但他也为他留下了两个珍贵的宝物。

第一件是一把叫作安格鲁瓦达尔的宝剑，在战斗中招招致命；第二件是埃丽达，一艘建造成龙的形状的大船，可以在最波涛汹涌的海面平稳行驶。此外，在索尔斯滕的珍宝之中，有一个美丽的金臂环，据说是工匠威兰打造的。弗里斯亚夫小心翼翼地把它收好，想着有一天作为订婚礼物送给英格博格。

然而，即便得到这些新的宝物，弗里斯亚夫的思绪仍然离不开海湾对面的英格博格。终于，他感到自己再也无法忍受同她分离，决

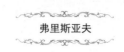
心去赌一把他的命运。一天，当赫尔厄和哈夫丹在神庙外听祷词的时候，弗里斯亚夫划船穿过被巴尔德尔草地隔开的海湾，勇敢地来到两位国王面前。

"我知道自己不是皇家血统，"他说，"但你们的父亲喜欢我。把美人英格博格的手交给我，我将永远为你们服务。我会帮助你们守卫国家，抵御入侵，就像我的父亲曾经协助国王贝雷那样。"

哈夫丹震惊地盯着弗里斯亚夫，赫尔厄很快用嘲讽的语气回答：

"什么！把我们的妹妹交给一个农民的儿子！你的傲慢简直难以置信。你可以在皇宫有一席之地，要是你愿意的话，可以做我们的封臣，但不是我们的兄弟。至于你提议要帮助我们抵御入侵，谢谢你，我们不需要你的帮助也可以保护自己的国家。"

弗里斯亚夫对这些侮辱感到愤怒极了，有那么一刻，他想用安格鲁瓦达尔宝剑直接杀死赫尔厄。然而，他及时想起巴尔德尔草地是神圣之地，绝不可以在这里用暴力犯罪。

"很好！"他激动地喊，"不过记住，未来我决不会帮助你，即便是你被逼着前来恳求我的协助。"

然后他大步走回他的船上。虽然国王们对此嗤之以鼻，他们却

不知道很快就要去找他帮忙了。

国王瑞恩的追求

在弗里斯亚夫离开之后，立刻有第二位追求者前来迎娶英格博格。那是西格德·瑞恩，挪威瑞恩王国的老国王，他听闻了许多美丽善良的英格博格的事迹。

赫尔厄和哈夫丹询问了松根兰德的占卜者，将他们的妹妹嫁给老国王是否是明智之举。但所有的预言家都说众神反对这桩婚事。

赫尔厄本来十分希望看到他的妹妹成为瑞恩王国的王后，但如果只是为了报复弗里斯亚夫，他还不敢惹怒众神。于是，西格德·瑞恩收到消息，松根兰德的国王们拒绝了他的追求。

不幸的是，哈夫丹在西格德·瑞恩的使者面前嘲笑了他的年纪。当老国王听说这件事的时候，非常生气。

"就让松根兰德的国王们看看我是不是老得不能复仇！"他愤怒地喊道，召集了一支强大的军队，带领这支队伍朝着松根兰德出发。

赫尔厄和哈夫丹听说国王瑞恩带领强大的军队来袭，吓坏了。虽然他们曾那样对待弗里斯亚夫，但仍然毫无羞愧地向他求助。他们想，弗里斯亚夫肯定会听从他的老养父的话，便派农民黑尔丁去恳

求他。

黑尔丁看到弗里斯亚夫正在和他的养兄弟比隆全神贯注地玩象棋。

"松根兰德的国王们请求你去帮他们，"老农民说道，"过去的就忘了吧，弗里斯亚夫，召集你的手下，一起去帮助他们，就和过去你的父亲索尔斯滕会帮助国王贝雷一样。"

弗里斯亚夫并没有留心听黑尔丁的话，而是对比隆喊着："哥哥，你白白追着我的王后啦，不管怎么样我都会救她。"

"把你们的游戏放在一边，听我说。"黑尔丁失去耐心。但弗里斯亚夫只是看着棋盘，轻声说道："你的骑士让我担心，哥哥，不过没关系。游戏最终的胜利一定属于我。"

害怕伤害了老人的感情，弗里斯亚夫站起来，手臂环绕着黑尔丁的脖子。

"你怎么恳求也没有用，亲爱的黑尔丁，"他说，"因为我已经起誓永远不会帮助赫尔厄和哈夫丹。"

黑尔丁只能将这个消息回报给国王们。当赫尔厄进一步质问老人时，听到弗里斯亚夫是在下棋时做出的回答，认为这些话一定别有他意。

　　"弗里斯亚夫对我们的妹妹图谋不轨，他会趁我们打仗的时候把她带走，"赫尔厄生气地大喊，"不过他不可能轻易成功。我们就让英格博格在我们离开的时候待在巴尔德尔草地。没有人，就算是弗里斯亚夫也不敢用情情爱爱玷污那神圣之地。"

　　然而，赫尔厄并没能准确地预估弗里斯亚夫的勇气和挚爱的力量。

　　等两位国王一离开去迎战西格德·瑞恩，弗里斯亚夫便划船穿过海湾前往巴尔德尔草地。他看到英格博格坐在神庙外，伤感地凝望着洒满月光的海面。

　　当她看到弗里斯亚夫靠近时，害怕得发抖。因为她知道，他前来这神圣之地见她会被判处死刑。

　　但弗里斯亚夫来到她面前，敞开双臂，温柔地说："英格博格，虽然我从未对你述说过我的爱，但你一定知道，打我们住在黑尔丁家里的时候我就爱着你。"

　　英格博格简单的回答让他喜不胜收："我一直爱你，弗里斯亚夫，除了你，我不会嫁给任何人。"

　　他们在巴尔德尔神庙的影子中宣誓婚约，弗里斯亚夫将他宝贵的臂环戴在英格博格手臂上。

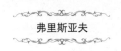

"除非是你的意愿，否则没有人能将我们分开，"他庄严地说，"如果你对我的爱消亡了，或者感到自己无法再真心对我，那就把这个臂环交给我，我便再也不会打扰你。"

"我对你的爱永远不会消亡。"英格博格低声说，但她心中的喜悦也无法压制住恐惧。

"我曾向父亲承诺，决不会未经我的哥哥们同意就嫁人，"她悲伤地说，"如果赫尔厄和哈夫丹再一次拒绝你，我们该怎么办？"

"这一次我会强迫他们把你交给我。"弗里斯亚夫握紧他的宝剑说，但英格博格悲伤地看着他。

"我们在这里定下婚誓是做错了吧？"她往后缩着，"巴尔德尔会惩罚我们玷污了他的神圣草地。我们如何能希望将来会幸福呢？"

"不要怕，"弗里斯亚夫和她吻别，说道，"巴尔德尔是真爱之人的朋友。"

与此同时，赫尔厄和哈夫丹已经遇到了国王瑞恩的部队，他们像懦夫一般求和，甚至都没有尝试和敌军交锋。

国王瑞恩宣布，他愿意把军队撤回瑞恩王国，不过有一个条件：你可能已经猜到了，那就是兄弟俩要改变之前做的决定，将美丽的英格博格交到他的手上。

赫尔厄和哈夫丹立刻答应了，虽然他们仍然没有忘记占卜者的警告。但让他们震惊且恼火的是，当告诉待在巴尔德尔草地的英格博格他们的决定时，英格博格拒绝服从。

"我已经和弗里斯亚夫订了婚约，"她说，"我非他不嫁。"

赫尔厄起了疑心："我们离开之后你见过弗里斯亚夫了吗？"

英格博格回答："我们昨晚在这里立下的婚誓。"

"什么！"赫尔厄大喊，"你难道不知道把巴尔德尔草地当作情人幽会的地方对这里是大不敬吗？"

弗里斯亚夫被叫到愤怒的国王们面前。当他无畏地承认他在巴尔德尔对英格博格说的话后，兄弟俩宣判他必须受到严厉的惩罚，以平息巴尔德尔的愤怒。要是这罪行被饶恕，灾难必然会降临到松根兰德。

"你必须离开国家，"赫尔厄喊，"如果你想要求得我们的原谅，就去奥克尼群岛找安甘图尔伯爵，要求他把欠我们的贡钱交上来。"

这是个十分危险的任务，不仅因为一年之中这个时间航海非常危险，而且安甘图尔伯爵虽然曾经爱戴贝雷国王，却十分讨厌他的儿子们，拒绝向他们进贡。还有流言说他曾威胁会把任何胆敢前来收贡的人杀死。

弗里斯亚夫只能遵从国王的命令。他让赫尔厄发誓，在他离开期间，他的房子和土地都会完好无损，接着便准备开始航行。

在乘埃丽达龙船出发之前，他设法单独见了英格博格一面，恳求她同他一起走，但英格博格难过地拒绝了。

"你忘了我曾对父亲发的誓，"她说，"但我会为你保留真心，等你带着贡钱回来的时候，赫尔厄和哈夫丹肯定会更加喜欢你。"

得到这承诺，弗里斯亚夫只能独自启程了。他坐上龙船扬帆起航，他的养兄弟比隆和一队忠诚的船员陪同他。

英格博格站在岸边，看着爱人的船远去。但之后赫尔厄找到她，粗暴地命令她必须立刻嫁给国王瑞恩。

她骄傲地称，自己宁愿死去，也不愿背叛弗里斯亚夫。赫尔厄喊道："如果你拒绝，你勇敢的爱人就会被带回松根兰德，然后被折磨致死。"

英格博格哭着，以死相威胁。但赫尔厄继续说："我们已经答应了西格德·瑞恩把你嫁给他，要是你现在拒绝，他就会向我们美丽的国家复仇。想想那些为了你而承受痛苦的无辜人民啊！"

终于，在一番哄诱和威胁之下，英格博格屈服了。因为她爱她的国家，她认为必须要把松根兰德的人民从屠杀中拯救出来，即便要

付出沉重的代价。她悲伤地慢慢把弗里斯亚夫的订婚臂环从手臂上取了下来。

　　"我请求你把这个送给弗里斯亚夫。"她说。赫尔厄答应了。

　　但他并没有遵守诺言，而是把臂环带到巴尔德尔神庙，放在神的雕像上作为供奉。这个举动将会导致非常严重的后果，继续读下去你便会知道。

　　国王瑞恩很快前来迎娶他的新娘，带着可怜的英格博格远航前往瑞恩王国。她无时无刻不在想念弗里斯亚夫，一直想着她能否再见到他。

弗里斯亚夫的远航与归来

　　一开始，弗里斯亚夫到奥克尼群岛的航行倒是一帆风顺。天气宜人，埃丽达龙船在平静的水面上飞速前进。

　　然而，赫尔厄已经铁了心不让远行的弗里斯亚夫活着回来。卑鄙歹毒的国王在命人劫掠、烧毁弗里斯亚夫的房子之后，又找来两位邪恶的巫婆。

　　"掀起一场猛烈的暴风雨，"他命令她们，"要凶猛到足以毁掉那艘神奇的埃丽达龙船，把船上所有的人都杀死。"

　　女巫们立即开始对风浪施放邪恶的咒语。很快，弗里斯亚夫和船员看到狂风暴雨袭来的征兆。

　　"我们这一行非常危险！"比隆大喊，他指着逐渐黑下来的天空。但弗里斯亚夫满不在意地回答："风暴有什么关系，兄弟？我的好埃丽达会带着我们平安地驶过一切汹涌的波涛，不必担心。"

　　他站在桅顶，一边看着巨浪，一边欢快地唱着巴尔德尔草地和英格博格的歌。

　　风吹得更加猛烈，埃丽达龙船在汹涌的海浪中无助地翻滚，瓢泼大雨夹杂着冰雹噼里啪啦地落了下来。

　　"不要唱了，弗里斯亚夫，"比隆不耐烦地喊，"要是你没有去巴尔德尔草地找英格博格，我们也不至于落得这样的下场。"

　　但弗里斯亚夫只是笑了笑，继续唱他的歌，直到一股巨浪猛地砸到船上，折断了桅杆。"有人在暗中捣鬼。"弗里斯亚夫嘀咕道。他爬上折断的桅顶，想要看透周遭的黑暗。忽然，天空中劈过一道闪电。

　　"啊，"弗里斯亚夫说，"我明白了。我看到了两个恐怖的巫婆骑在鲸鱼背上朝我们游过来。就是她们掀起这风暴要杀了我们，不会错的。冲啊，我的好埃丽达！"

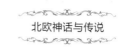

接着，他抓住大梁，而埃丽达龙船似乎听懂了他的话，猛地向前一跃，弗里斯亚夫朝着女巫们用力一击。只听一阵尖叫和呻吟，那两个恐怖的巫婆沉到了浪中，她们的血染红了海水。

飓风立刻平息下来，海面重归平静，但埃丽达龙船灌满了海水，没办法继续航行。

弗里斯亚夫和疲惫不堪的船员努力把水从船里舀出去，费了很大工夫，埃丽达龙船终于可以前进了。

他们终于到达了奥克尼群岛，弗里斯亚夫划动双桨，把船停泊在岸边。他的船员已经精疲力尽，无法爬上悬崖。于是，弗里斯亚夫把他们一个个带上了通往安甘图尔伯爵城堡的陡坡上。

老伯爵已经注意到陌生船只的到来，他命人立即把这些刚上岸的人带到他的面前。

"这些刚从恐怖风暴中死里逃生的是什么人？"他问道，震惊地看着这些刚经历了风吹雨打的疲惫的船员们。

"安甘图尔伯爵，您好，"弗里斯亚夫勇敢地回答，"我是弗里斯亚夫，维京人索尔斯滕之子，这些是我忠实的追随者。"

安甘图尔面露喜色。"欢迎，弗里斯亚夫，"他说，"我和你的父亲很熟，并且非常喜欢他。我十分乐意为你和你的手下提供食宿。不

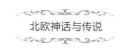

过告诉我，为什么你们要在大海充满危险的冬天来找我？"

弗里斯亚夫解释道，是松根兰德的国王们派他来收取贡钱。安甘图尔一听到赫尔厄和哈夫丹的名字便皱起眉头。

"我绝不可能给贝雷国王的儿子们进贡，虽然我喜欢他们的父亲。"他说。但他认真地听了弗里斯亚夫的故事，深思熟虑后说道："毫无疑问，这是赫尔厄想要除掉你的一个阴谋，但他绝不可能这样轻易实现他的目的。弗里斯亚夫，在这里待上一阵，等你和你的船员从这次航行恢复过来，你离开的时候我会给你许多金子和宝物。"

弗里斯亚夫高兴地接受了伯爵好心的款待。但是几天后，他的手下休息好了，埃丽达龙船也被修好了，他却告诉安甘图尔，他必须回到英格博格身边。

"现在不要起航，"伯爵建议，"你会再次遭遇凶猛的风暴。你应该等到春天再走。除非你疯了，才会拿自己的生命冒险。"

弗里斯亚夫耐心地等着，直到温柔的春风吹走了猛烈的风暴。一天，他准备离开了，伯爵按照承诺给了他许多金子和宝物。

"你愿意的话，可以把这些当作贡钱，"安甘图尔说，把一袋沉甸甸的金子交给他，"对我来说这不值一提，只要可以帮到你。"

弗里斯亚夫欣喜地感谢了他的好意，然后驾着埃丽达龙船朝松

根兰德出发了。回家的旅程一路无事发生，但对弗里斯亚夫来说却十分漫长且疲惫。他除了想象与英格博格见面的场景，心里什么都装不下。

"当赫尔厄和哈夫丹看到我把他们渴望已久的贡钱拿来，一定会对我刮目相看。"他一遍又一遍告诉自己。

很快，埃丽达龙船载着比隆和船员们抵达了松根兰德，弗里斯亚夫划着桨回到他自己的土地。他高兴地上岸，环顾四周，接着面色变得死一般苍白：他的房子去哪里了？他的那些肥沃的草地发生了什么？唉！他面前只有一堆烧黑的废墟——只剩下这些了。正当他盯着眼前凄凉的场景时，一位老人朝他走来。他认出老人，喊道："黑尔丁，黑尔丁！"可怜的弗里斯亚夫疯狂地大喊："这里发生了什么？"

"赫尔厄下令把你的家摧毁了。"他的养父悲伤地回答。

"那个叛徒！他会为此付出代价的，"弗里斯亚夫说，挥舞着安格鲁瓦达尔宝剑，"英格博格，她在哪里？黑尔丁，告诉我，她是不是还安然无恙？"

"可怜的弗里斯亚夫，"黑尔丁同情地说，"你彻底失去她了。自从你启航之后，赫尔厄强迫她嫁给了西格德·瑞恩。她现在在瑞恩王国。"

弗里斯亚夫站在那里，呆若木鸡。他的心里现在只有一个念头——复仇！

"赫尔厄在哪儿？"他佯装镇静地问道，"我要把贡钱给他。"

"国王正在神庙向巴尔德尔供奉，"黑尔丁回答，"弗里斯亚夫，答应我，你不会冲动行事。"

弗里斯亚夫轻轻地把老人推到一边，然后匆匆回到他的船上，划过海湾到了巴尔德尔草地，冲进神庙。神庙里只有赫尔厄和一位老神父，正在巴尔德尔雕像前的神坛祭祀。"拿着，叛徒！"弗里斯亚夫喊，把一袋金子扔到赫尔厄的脸上，"拿着你的贡钱。"沉重的包裹打在了赫尔厄的嘴上，这重重的一击让他倒在地上，不省人事。

"救命！"老神父颤颤巍巍地喊，但弗里斯亚夫大步走过他身边，站在巴尔德尔的雕像旁。他的目光落在赫尔厄戴在雕像金臂的臂环上。

"我的臂环，"他恶狠狠地说，"伟大的巴尔德尔，请原谅我，但我必须拿回属于我的东西。"他想拽下金臂环，但它紧紧地箍在天神身上，最后他猛地一拉才把臂环取下来。弗里斯亚夫胜利一般地把臂环高高举起，接着，糟糕的事情发生了。

巴尔德尔的雕像开始在底座上摇摆，随后向前倾倒，下一秒便

倒在了神坛前的火焰之中。

　　"你做了什么啊？"老神父尖叫。神庙逐渐被烟和火焰吞没，而刚刚恢复了意识的赫尔厄大喊："救命，救命！弗里斯亚夫把我们的神庙烧了。"

　　吓坏了的人们涌进神庙当中，不管他们怎样努力，都无法

把火扑灭。

美丽的神庙很快变成了一堆灰烬。弗里斯亚夫感到众神将永远不会原谅他的亵渎之举，只好逃到船上开始远航，忠诚的比隆陪在他的身边。赫尔厄开始追逐埃丽达龙船，但龙船驶得太快了，国王的船只没办法超过它，最后只能放弃。弗里斯亚夫在海上像维京人一样漫游，他的英勇事迹为他赢得许多盛名。虽然赫尔厄出了重金悬赏他的人头，但没有人成功抓获他。四年来，弗里斯亚夫就这样过着自由流浪的生活，从富裕的商船上夺取金子，积攒了很大一笔财富。终于，他厌倦了在海上漫游的生活。一天，他对比隆说："我必须得知道英格博格过得怎么样了。我要伪装起来去瑞恩王国看看。"

"不要去，"比隆说，"要是西格德·瑞恩发现了你的真实身份，他肯定会杀掉你的。"但弗里斯亚夫不愿听他的养兄弟的警告。等到他蓄长胡须，足够掩饰自己的面容，便在一个冬天登上瑞恩王国的土地，独自寻找国王瑞恩的城堡。

国王瑞恩，弗里斯亚夫和王后的故事

与此同时，英格博格在瑞恩王国过得怎么样呢？

她的生活并非不幸，因为老国王对她非常好。她生了一个叫作

瑞格纳的小儿子，她非常爱他。不过她还是没办法把弗里斯亚夫从她的心里驱逐出去，她想要听到他还活着，并且一切安好的消息。

一个冬日的夜里，国王瑞恩在大宴会厅举办了一场晚宴，王后就坐在他的身边，心中怀念着很久以前父亲贝雷国王在松根兰德举办的宴会，弗里斯亚夫总是作为尊贵的客人被邀请。

"我听说有一位陌生人抵达这里，他比瑞恩王国的所有人都要高。"国王瑞恩突然说。

"是吗？"王后漠不关心地说。不过当她看到站在大厅尽头一个裹在长袍里的人影时，她的心跳加速了。她看不清陌生人的五官，但他的身高和宽广的肩膀让他想起威武的弗里斯亚夫。

国王瑞恩命人把陌生人带到他的身边。"你叫什么名字？"国王亲切地问道，"你从哪里来？"

"我从远方而来，"陌生人声音沙哑地说道，"我现在非常疲惫。"

"那么坐下，和我们一起用餐吧，"国王说，"不过先脱下你的斗篷和兜帽，让我们看看你的脸。"

陌生人举起他的右臂，斗篷滑落下去。英格博格强忍住惊呼：那人的手臂上有一个金臂环闪闪发光，她立刻便认出来那是弗里斯亚夫在巴尔德尔草地给她的那个臂环。

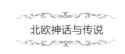
陌生人脱下兜帽，盯着王后的眼睛。英格博格深深地叹了口气，把头转过去。因为即便他蓄了胡须伪装自己，她仍然知道站在她面前的这个人就是弗里斯亚夫。

国王瑞恩显然没有注意到他的妻子似乎和这位陌生人相识。他热情地款待了弗里斯亚夫，在宴会之后，他还恳请他作为客人留在城堡。弗里斯亚夫非常高兴可以再次见到英格博格，他默默发誓再也不会同她讲起过去，并接受了国王的邀请。西格德·瑞恩似乎明白他的客人有一些不愿公开的秘密，没有再追问弗里斯亚夫的名字，或是从何处而来，只是称呼他为"朋友"。

一天，一件事情让西格德·瑞恩更加喜欢他的宾客。国王和王后正在白雪覆盖的国度中穿行，忽然雪橇被牢牢地卡在结冰的湖面上。幸运的是，弗里斯亚夫也陪同他们一起。正当下面的冰即将裂开时，他用一只手便把雪橇拉到了安全的地方。

"干得漂亮，我的朋友，"国王感激地说，"就算是我听说的勇敢的弗里斯亚夫也不会比你做得更好。"弗里斯亚夫听到后警惕地抬头看了看，但他从国王和平常一样慈祥的表情中什么也没有发现。那天之后，西格德·瑞恩便不愿让弗里斯亚夫离开瑞恩王国。

"我越来越老了，你在这里让我很高兴，"他一直这样说，"你一

定不会拒绝再多陪我待一阵子吧。"于是，弗里斯亚夫一整个冬天都待在王宫。不过他遵守着自己的诺言，从未和英格博格提起过去的事。当春天来临的时候，整个国度非常美丽，西格德·瑞恩喜欢和弗里斯亚夫一起散步，向他展示王国里最迷人的地方。

一天下午，两人在优美的树林中散步，还没走多远，国王便抱怨自己累了。

"我必须得歇息一会儿。"他说，然后躺在树下，头靠在弗里斯亚夫的膝盖上，很快便沉沉地睡着了。

弗里斯亚夫低头看着国王的睡脸，忽然一个邪恶的念头涌进他的心里。

"我为什么不杀了他呢？"他对自己说，"如果他死了，英格博格和我也许就能幸福地在一起。"这念头来得快，去得也快。但弗里斯亚夫担心他会再次被这念头诱惑，就把安格鲁瓦达尔宝剑远远地扔到一边。国王惊醒了，睁开眼睛轻声说："弗里斯亚夫。""什么？你认识我？"震惊的弗里斯亚夫结结巴巴地问。

"我一眼就认出你了，"国王回答，"不过我想在揭露你的身份之前考验你的勇气和品德。我知道你心里刚刚的想法，你抵制住了杀死我的诱惑。我知道过去你和英格博格被残忍地分开，但你仍然有得到

幸福的机会。"老国王告诉弗里斯亚夫，他真切地希望两个爱人可以在他死后团聚。

"我的生命即将走到尽头了，众神已经告诉我了。"西格德·瑞恩解释道，"等我离开之后，你必定要娶英格博格为妻，并且留在瑞恩王国，为我的小儿子瑞格纳守卫王国。直到他长大成人后，可以自

己治理国家。"

　　但弗里斯亚夫摇头，难过地说："我永远不可能和英格博格结婚了，我已经惹怒诸神，无法祈求原谅。我这被驱逐的人怎么可能希望再次获得幸福？"

　　"那么，你去过巴尔德尔草地向众神求得原谅吗？"国王问道。弗里斯亚夫坦白说，自从神庙倒塌之后，他再也没有回到那神圣之地。西格德·瑞恩说："那么你必须在我死后去那儿。巴尔德尔听到你的忏悔之后肯定会原谅你。"

　　弗里斯亚夫很快明白了西格德·瑞恩的智慧。初夏，老国王指任了弗里斯亚夫为王位继承者，直到小瑞格纳长大，可以独自统治国家。但弗里斯亚夫还不能留在瑞恩王国，他迫不及待地想求得巴尔德尔的原谅，于是再一次乘埃丽达龙船出发了。英格博格满怀希望地同他告别。当弗里斯亚夫抵达巴尔德尔草地时，神庙的废墟仍然保持原样，赫尔厄和哈夫丹在遥远的国度。他双膝跪在地上，谦卑地向巴尔德尔祈祷，心中满是对过去所做蠢事的忏悔。忽然，他的眼前浮现出废墟之中建起一座新神庙的景象，新的神庙要比过去更加美丽、宏伟辉煌。

　　"神迹！"弗里斯亚夫兴奋地喊，"我会在这神圣之地为巴尔德尔

建造一座新的神庙。"他立刻开始动手，许多人心甘情愿地帮助他。

不久，一座崭新的白色神庙再一次矗立在巴尔德尔草地上。神庙中举

行的第一个仪式便是弗里斯亚夫和英格博格推迟已久的婚礼。之后，

他们按照西格德·瑞恩的遗愿，一起回到瑞恩王国。赫尔厄再也没有

回去骚扰弗里斯亚夫，因为在他回到松根兰德的路上，被一个滚落的

石头砸死了。而哈夫丹在得知妹妹的婚礼后，作为兄长对弗里斯亚夫

表示了祝贺。就这样，旧一代的恩怨到此结束。仿佛想要弥补弗里斯

亚夫和英格博格分开的多年时光，此后，天神巴尔德尔一直保佑祝福

他们。

温 蒂 妮

很久很久以前的一个夏夜，一位骑士骑马穿过一片阴暗的大森林。当他走到一个开阔的国度时，看着四周，宽慰地松了一口气，因为他在树林中遭遇了许多奇怪又恐怖的事。

现在，他的面前是一片草地，一条小溪把草地和森林隔开。这片小小的草地像手臂一样伸展到一片广阔的蓝色湖水中，水边有一个小小的木屋。骑士跨过小溪，朝着木屋走去。那里的门开着，一位老渔夫坐在那儿修理他的渔网。

"晚上好，"骑士说，"你可以让我在这儿过夜吗？我实在不想在黄昏后再次骑马走进那片诡异的森林。"

"我和我的妻子只能为你提供简单的食宿，"老人回答，"不过你

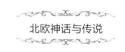

和我们待在一起是安全的。骑士先生，让你的马儿在草地上吃草吧，跟我来。"他领着骑士走进小屋。一位老婆婆友善地接待了这位陌生人，询问她有幸遇到的人是谁。

"我的名字叫作胡尔布兰德，我住在离这里很远的瑞恩斯坦城堡，"骑士回答，"告诉我，好心人，只有你们住在这里吗？这地方就像是湖中被遗弃的小岛。"

老渔夫正准备回答的时候，一个仿佛水流击打窗子的声音把他吓了一跳。渔夫皱着眉喊："温蒂妮，不要再搞这些小孩子的恶作剧了！我们有一位高贵的骑士客人。"

"一位高贵的骑士在这里！"一个银铃般的声音重复，接着一个年轻的女孩出现在门口。

胡尔布兰德认为，她是他见过的最美丽动人的女孩。她苗条又优雅，有着一头金色的秀发，一双奇异的绿色眼睛，小小的脸蛋儿就像贝壳一样精致可爱。

"欢迎，骑士先生，"女孩欢乐地说，"你是怎么来这儿的，穿过树林吗？告诉我，你在那儿看到了什么？"

"嘘，温蒂妮，"老人说，"你知道现在不是该提起森林的时候。胡尔布兰德会在白天给我们讲述他的冒险。"

温蒂妮跺着脚，要求他一定要现在讲故事。但她发现自己的愿望不能实现，就冲出了小屋，生气地喊："你们在那老房子里自己睡吧，我要在外面过夜。"

胡尔布兰德想要追上她，但老人告诉他，不可能在黑暗中找到那任性的姑娘。

"虽然她已经十八岁了，但如果事情不遂她意，她还是会像小孩子一样藏起来。"老婆婆难过地说，"有时候我们感觉，收养她给我们带来的悲伤比欢乐更多。"

"这么说，她不是你们亲生的孩子？"胡尔布兰德好奇地问道，因为温蒂妮的美丽已经迷住了他，即便她这样任性。

"不是，骑士先生，"老渔夫回答，"要是你想听，我会告诉你温蒂妮是如何来到我们身边的。"老渔夫解释道，十五年前他和妻子痛失爱女，他们唯一的孩子，只有三岁的女儿掉进了湖里，尸体也不见了。但悲剧发生的当晚，奇怪的事发生了。悲恸的父母在门前发现了一个小女孩，那孩子华丽的衣物上湿漉漉地滴着水，好像她也掉进了湖里一样。老夫妇找不到其他人认领这个孩子，于是决定收养她，正好她的年纪和他们失去的女儿一样大。

"听，那是什么声音？"胡尔布兰德打断了老人的叙述，他听到

水湍急奔涌的声音。他们跑出小屋，发现风暴正在湖水中酝酿，水流汹涌，森林边的小溪迅速涨成势不可当的激流。

"唉，温蒂妮会藏在哪儿呢？"老人说道，绞扭着双手。

"我会找到她。"胡尔布兰德说。他在黑暗之中跌跌撞撞地摸索着，直到听到一个轻柔的声音喊："看啊，骑士先生。"借着月光，他看到温蒂妮安全地坐在奔涌的急流中的一个小岛上。

他艰难地跋涉到她身边，求她回去。

"你说什么我都愿意做。"出乎意料，温蒂妮温柔地回答。就这样，他带着她回到木屋。老夫妇看到任性的女孩安全归来，高兴极了，忘记了本该责骂她。

第二天早上，他们一起坐在餐桌边，温蒂妮似乎忘记了自己前一天夜里疯狂的举动，恳求胡尔布兰德现在给他们讲故事。这一次老渔夫并没有反对。"只在晚上我们不敢说起森林，"他说，"否则住在那里的邪恶精灵会听到，然后攻击、伤害我们。"

"邪恶的精灵住在那里是真的。"胡尔布兰德说。接着他讲述了这一路是如何一直被恐怖的生物围攻，如果不是一位穿着白衣服的高大男子忽然站在陡峭的悬崖边，恐怕他受惊的马就会带着他一起掉进深渊。"奇怪的是，"骑士继续说，"等我转头想要感谢那位陌生人的时候，我发现他并不是人类，而是从岩石上落下的瀑布。"

"好一个瀑布！"温蒂妮温柔地说。

"不过你为什么要踏上这段旅程呢？"渔夫问道，"难道没有人警告你这片森林被施了魔法吗？"

"啊！"骑士笑着说，"是一位美丽的小姐让我来的。我本来在森林后的城市拜访，接待我的一位高贵的公爵有一个养女，名叫贝塔尔达。我半开玩笑地要她的一只手套作为礼物，她回答说我必须要一个人骑马穿过那闹鬼的森林，才能赢得礼物。这样我便可以告诉她关于那森林的诡异故事是不是真的。"

"那位小姐并不在乎你的安全，骑士先生。"渔夫评论道。但温蒂妮严肃地说："我觉得她爱上你了。"

等他们吃完饭，胡尔布兰德说他必须穿过森林回去。但渔夫摇头："你不能那样做，那边的溪流已经涨高，没有人可以跨过去。我们的草地现在已经变成一个岛了，你必须待在这里，等安全了再走。"

胡尔布兰德对于自己被囚禁在这里并没有不快，因为他在小屋待得越久，就越觉得温蒂妮甜美温柔。自从风暴那晚，她似乎改掉了过去所有的疯狂举动。最后，胡尔布兰德感到他深深地爱上了她，温

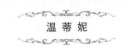

蒂妮也对他的爱有所回应。他恳求渔夫把温蒂妮嫁给他，老人很高兴地答应了，安排两个爱人一旦可以跨过溪流，便在森林外的城市找到一座教堂举行婚礼。

然而，那一晚，一位叫作海勒曼的神父出现在小屋。他本想从远方的一个修道院穿过湖泊，但他的船却漂到了这个小岛。"欢迎，"胡尔布兰德说，"好心的神父，如果可以，你可以在这里主持一场婚礼。"老夫妇无法拒绝骑士的恳求。海勒曼神父主持了神圣的仪式，宣布胡尔布兰德和温蒂妮结为夫妻。仪式之后，温蒂妮拉着她的丈夫走到小屋外的月光之中。

"我要对你坦白一件事。"她严肃地说。

"是什么？"胡尔布兰德急切地问，"你爱我吗，温蒂妮？"

"我对你的爱无以言表，"她回答，"不过，听着，亲爱的丈夫，在这世界上有许多生灵，他们虽然与人类很相似，但事实上是大地、火与水的精灵。他们的生活十分幸福快乐，但他们没有灵魂，死后无法像人类一样灵魂进入天堂。这些精灵自然渴望得到灵魂，但唯一的方式便是通过人类的爱。亲爱的胡尔布兰德，这也就是为什么，我，一个水之精灵，成了你的妻子。"

骑士惊讶地看着她，不过温蒂妮的表情是如此严肃认真，他毫

不怀疑她的话。

"我的父亲是一位高贵的水中王子，很久之前他送我来到这里，"她继续说，"我的叔叔库里波恩就住在那边的小溪里，他一直照看着我，等待一位人类爱人出现。是库里波恩在森林中救了你的性命，也是他让溪水涨高，把你困在这里。只要我开口，他便会让激流平静下来，你便可以回家去。"

"我决不会离开你，"胡尔布兰德说，"不管你是人类还是精灵，我都全心全意地爱着你。"

"我现在是凡人了，"温蒂妮说，"从此以后我会像人类一般经历生老病死。但你要记住一件事，亲爱的丈夫，当我们在水边时，你一定要善待我。因为如果我的亲戚们认为你不再爱我，他们会强迫我回到他们中间。"

"如果你已经得到了灵魂，那么一定是高贵又美丽的，"胡尔布兰德温柔地说，"我怎么可能会对你不好？"

婚礼后的第二天，温蒂妮告诉她的丈夫，她的叔叔库里波恩已经答应让他们跨过小溪，现在溪水就和胡尔布兰德到达这里的那一晚一样浅。

新婚的二人向渔夫夫妇告别，老人答应以后会去他们的新家探

望。胡尔布兰德牵着马离开了，温蒂妮坐在马背上。

他们一路穿过森林，顺利又平静。当他们抵达外面的城市时，胡尔布兰德受到了隆重的欢迎。因为人们听说贝塔尔达愚蠢的一时兴起，都以为骑士会在森林里丧命。

贝塔尔达看到胡尔布兰德带着一位可爱的妻子回来，感到伤心又愤怒。因为，正如温蒂妮猜测的那样，即便她任性又反复无常，但这个女孩已经爱上了骑士。她现在只能把自己的真实情感隐藏起来。温蒂妮友善地待她，两个女孩成了好朋友，温蒂妮邀请贝塔尔达去瑞恩斯坦城堡做客。

按照计划，等公爵为贝塔尔达的生日举办庆祝宴会之后，贝塔尔达便会陪同新人回家。

宴会之前的两天，胡尔布兰德和温蒂妮、贝塔尔达一起绕着城市花园中的一处喷泉散步。这时一位老人出现了，他把温蒂妮拉到一边，用奇怪的语言和她耳语。温蒂妮听到他说的话看起来非常高兴，她兴奋地拍了好几次手。之后，胡尔布兰德问她老人说了什么。她低声说："那是我的叔叔库里波恩，他告诉我一个关于贝塔尔达的好消息，不过我想等到她生日时再公布。"

到了约定的那天，宴会如期举行，贝塔尔达坐在胡尔布兰德和

他的妻子中间。众人要温
蒂妮唱一首歌。

她拿出鲁特琴，开
始唱歌，讲了一个这样的
故事：一位高贵的公爵在
湖边捡到一个小婴儿，收
养为自己的女儿；与此同
时，婴儿的亲生父母以为
她死了，为她哀悼，他们
的悲痛令人心碎。

"温蒂妮，"贝塔尔达
激动地打断，"你在讲我
的故事。苍天啊，告诉
我，谁是我的亲生父母，
他们在哪儿？"

"在这里，贝塔尔
达。"温蒂妮说，她拍了
拍手，老渔夫和他的妻子

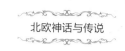

走进了大厅。他们朝他们的女儿伸出手，但贝塔尔达却失望地后退，因为她一直认为自己的出身高贵。

"他们不是我的爸爸妈妈，"她抽泣着说，"温蒂妮想要让我难堪。"

"你是个坏女孩，"老婆婆悲伤地说，"但无论如何你都是我们的女儿。我的孩子左肩上有一块像紫罗兰的胎记。看看贝塔尔达是不是也有同样的记号。"

的确，胎记在那里。老公爵严肃地说："贝塔尔达，你应该和你的亲生父母待在一起。"

但女孩哭泣着，发誓自己绝不可能和渔夫住在一起。温蒂妮也因为她的安排而流泪，她以为这件事会让所有人都开心。胡尔布兰德试图安慰他的妻子："你做得对，是贝塔尔达的虚荣心在作祟。明天我们回瑞恩斯坦城堡，到时候你会忘记这些痛苦。"

第二天一大早，他们离开了城市。不过，当他们出发时，贝塔尔达穿成渔夫的样子，陪同他们一起。

"我的父母都走了，"她抽泣着，"他们说，为了表示我的忏悔，我必须一个人穿过森林去找他们。不过在我离开之前，请原谅我，高贵的小姐。"

"不要这样叫我，"温蒂妮说，"我宁愿从未听到你的身世，因为真相没有给任何人带去幸福，在你生日之前我们曾情同姐妹。和我一起去瑞恩斯坦吧，我们会给你的父母带去消息，这样他们随后也可以过来。"

贝塔尔达很高兴可以推迟她一个人穿过森林的噩梦。虽然她嫉妒温蒂妮，但还是享受着瑞恩斯坦的生活。很快，她的平静生活被一位高大的老人打破。他在城堡里到处威胁地追着她，对她咆哮，朝她挥舞拳头。贝塔尔达向胡尔布兰德抱怨，他便将城堡里出现陌生人这件事转告温蒂妮。温蒂妮听了，表情十分严肃。

"肯定是库里波恩叔叔，"她说，"出于某些原因，他并不喜欢贝塔尔达。"

"你不能让他离开吗？"胡尔布兰德问。温蒂妮回答那很容易，库里波恩一定是通过喷泉进入城堡的，如果用一块大石头封住喷泉，那么他便不能进来了。

于是，喷泉被一块巨大的石头盖住了。但这让贝塔尔达非常不开心，因为她一直用那里纯净的泉水来滋润她的脸。她恳求胡尔布兰德把石头挪走，但他拒绝了，这让她面有愠色。温蒂妮想着让他们和好，便提议到城堡边的大河上旅行。

不幸的是，事情变得更加糟糕。等到他们走了一段距离，库里波恩便再一次出现，刮起逆风让航行者们遭殃。贝塔尔达并不知道温蒂妮的真实身份，她怀疑是温蒂妮在暗中搞鬼，这恶毒的姑娘试图让胡尔布兰德和他的妻子争吵。唉，她成功地让胡尔布兰德对温蒂妮不耐烦了。终于，当库里波恩再一次纠缠他们的时候，一件可怕的事情发生了。

胡尔布兰德忘了温蒂妮的警告，他大声喊道："温蒂妮，我已经受够了你的亲戚！我希望你回到他们中间，这样或许我们就能得到安宁了。"

温蒂妮悲伤地看了他一眼，然后就好像被一双隐形的手拉住一样，消失在船尾。一开始，胡尔布兰德的心都碎了。但过了一阵子，瑞恩斯坦城堡里举办了一场婚礼——贝塔尔达终于实现了她的心愿，胡尔布兰德为了安慰自己失去温蒂妮的痛，娶了她为妻。然而，胡尔布兰德在婚礼当天仍十分悲伤，他在仪式结束之后，便以身体不适为由回到自己的房间里。贝塔尔达迫不及待地想要展示她作为女主人的权威，下的第一个命令便是移除花园里喷泉上的大石头。当沉重的石头被抬起来时，一股白色的雾气从喷泉中涌出。让旁观者都惊恐万分的是，那雾气幻化成了一位戴着面纱的女人的样子。那是温蒂妮。

她敏捷地溜进城堡，到了
楼上胡尔布兰德的房间。
"唉，亲爱的胡尔布兰
德，"她走进后伤心地说，
"我是来取你性命的。根
据他们的规则，因为你对
我不忠，所以我的亲人要
求你付出生命作为代价。
我的叔叔库里波恩逼迫我
通过喷泉来到这里。如果
石头仍留在原位，我也就
没有能力找到你了。"

青马（天津）文化有限公司
出 品

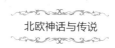

说着，她流着苦涩的泪水，用手臂抱住胡尔布兰德。骑士叫了一声"温蒂妮！"，便倒在长榻上死了，温蒂妮也消失了。

海勒曼神父为胡尔布兰德主持了葬礼。奇怪的是，当最后的祷词念完，一汪小小的清澈泉水从地上涌出来，把骑士的坟墓围绕起来。"这是温蒂妮纯净的灵魂在守卫她亲爱的丈夫。"老神父庄严地说。到今天，人们仍然相信这个故事。

迷 书
宫 店

The Bookery

罗智成　著

四川文艺出版社